U0781175

传统文化修养丛书

撰联指南

【民国】秦同培等 ◎ 著

刘冬梅 ◎ 编

上海科学技术文献出版社
Shanghai Scientific and Technological Literature Press

图书在版编目（CIP）数据

撰联指南 / 秦同培等著；刘冬梅编．—上海：上海科学技术
文献出版社，2018（2021.9重印）
（传统文化修养丛书）
ISBN 978-7-5439-7756-3

Ⅰ.①撰… Ⅱ.①秦…②刘… Ⅲ.①对联—创作方
法 Ⅳ.①I207.6

中国版本图书馆 CIP 数据核字（2018）第 213277 号

策划编辑：张　树
责任编辑：王倍倍　杨怡君
封面设计：许　菲

撰 联 指 南
ZHUANLIAN ZHINAN
秦同培等　著　刘冬梅　编
出版发行：上海科学技术文献出版社
地　　址：上海市长乐路 746 号
邮政编码：200040
经　　销：全国新华书店
印　　刷：常熟市人民印刷有限公司
开　　本：889×1194　1/32
印　　张：8
字　　数：147 000
版　　次：2019 年 1 月第 1 版　2021 年 9 月第 2 次印刷
书　　号：ISBN 978-7-5439-7756-3
定　　价：35.00 元
http://www.sstlp.com

目　录

撰联指南

楹联作法

（称谓　具名　具名语　具印）

撰联指南

秦同培

序　文

　　自桃符缀以"新年纳馀庆，嘉节号长春"之语，厥后递推递广，婚姻诞育，则用以致欢贺之忱，寿考大年，则藉以尽祝颂之意；弔唁乃托为哀思之寄，垂诚亦用书劝勉之文；遇名山之胜而即景摅怀，感往迹之陈而因情寄慨。以及种种始事有创兴之咏，岁久有纪念之言；慕仰写景行之怀，交游馨投赠之谊。雅词逸兴，宝墨名章，不独学子文人，盛作斋居之饰；抑且稠人列肆，资为观美之具矣。近顷以来，文化创新，务为浅易。顾社会普通应用，转尚畜皇典丽，骈偶为工，虽寻常酬应，亦必极雕虫之能事，否则似不极其荣宠者，固由习俗因循，抑亦风雅之韵事。被于耳目之渐染者，既广且久，成为民性好尚之见端矣。惟是事必有其进程，学必启其机缄。由简而繁，由略而详，由抽象而具体，由浑涵而分析，乃万事演进不可逃之原则。楹联虽小道，讵逃此例？爰不揣梼昧，竭力士开山之劳，示迷途指针之法，匪曰有功，亦聊揭寸衷之一得云尔。

中华民国十五年五月　锡山秦同培识

例　言

一，联语为酬应所必需，稍攻文学者，必当能之，内以便交际，外以备供给社会之用。顾自来尟有论究及之者。是书特抉发其秘要，为初学研究之具，并以供撰语之助，故定名为"撰联指南"。

一，联语为诗词之变体，稍知诗律者，自然易明其音调。本编为初学计，仍自声韵解剖而入，由略及详，以为措词之模型。

一，联语全恃对偶工整，否则不成为联。本编于如何对仗之法，言之綦详，且一一示其变例及通融之法，知此决无不能觅对之病。

一，联语以相当于事实关系，须用典实。顾典实为已往陈事，固定不灵，而所以运用之法，则全赖作者临时如何措词。是以用词之法不可不讲。今详举其例，颇足资隅反之助。

一，联语如何缀句，其缀时之次序先后，与徐以引伸之法，均初学所急应知之。本书特举素所经验有得之良法，切实贡献。学者得此，不啻如扃获钥，有立时开解之妙。

　　一，贴切之法，有种种不同。今举最新最要之法，备学者施用。熟此，则可为最新式、最巧妙之联，一扫寻常语套。

　　一，联语为词无多，而格调大有不同。今举各类面目最异者以见例，示学者随宜取则之方，庶几各就所近，咸有深造逢源之乐。

　　一，语有云：“取法乎上，仅得其中；取法乎中，斯得其下。”今举最高超可为模范之联，为学者属联之标准。惟此项但列庆贺、哀挽之最要二类，余姑从略。

　　一，本编共分六章，章又分节，眉目清新，一览易明；各章又皆循序渐进，前后衔接一气，极合吾国韵语修词之法。

　　一，本书凭经验所得，及个人闻见，采摭集合而成，中间容有遗漏及不尽妥洽之处，尚望海内鸿彦，匡其不逮，幸甚幸甚。

编者誌

第一章　联语声韵法

第一节　句之声韵

　　联语只是对偶之句，其语句多者，不过如古来长短句之变相，用韵亦不必如律诗之字字有一定平仄。最粗浅者，只须留意于句腰、句尾。大要句腰平者，尾多仄；句腰仄者，尾多平。其余有时可以不拘。所谓"句腰"，视一句之字数而定。字数单者，句腰自以中间一字为准；字数双者，句腰应在前半句之末一字。举例如下：

　　　天开化宇
　　　人在春台

　　　文章华国
　　　诗礼传家

　　以上二联，每句四字，系双数字句，故句腰皆在第二字；出句腰平、尾仄，对句腰仄、尾平。

原持山作寿
应共酒为年

千家春不夜
万里月连宵

以上二联，每句五字，系单数字句，故句腰均在第三字；出句腰平、尾仄，对句腰仄、尾平。

毕生无不快事
随地作自在观

壹威仪以成德
泽经史而立言

以上为六字句，句腰在第三字。

四海声名唐李杜
一时文彩汉班扬

名世文章传子弟
长春岁月驻神仙

以上为七字句，句腰在第四字。

其余八字句、九字句，皆准此类推。

句腰之与句尾，有时以仄应仄，以平应平，可不拘前例。如：

四野自高下
万山时有无

水上江汉星之斗
鹤在云霄凤在梧

以上二联，出句腰与尾皆仄，对句腰与尾皆平。

句腰与句尾，有时可任意不拘韵。如：

大富贵亦寿考
蓄道德能文章

辞章奔放若天马
写作工秀如来禽

一庭之内有至乐
六经以外无奇书

以上三联，句腰皆仄。

德行尊三古
才名横九州

极四时之所乐
袭六经而成书

以经史为无尽义
不山泽而有远思

以上三联，句腰皆平。

准以上所举诸例，似句腰与句尾，可以任意为之，不必更拘何等平仄矣。抑知不然。

考诗律有"一三五不论、二四六分明"之说，即一句之中，逢第二、第四等双数字，均须按一定平仄；其第一、第三等单数字，可以不拘。而双数字中，前一字仄者，次一字必平，又次一字必仄。所以使声调如波浪之有起伏，以便抑扬顿挫也。凡正式联句，大要皆遵此定例，不独句腰宜依规律，所有双数字，皆宜按此规律。其有腰仄尾亦仄、腰平尾亦平者，则因出句首二字平起，对句首二字仄起，非变例也。亦有句腰适为单数字者，则更可不拘。至有全联不按此例，或因集成句，或因集帖字，格于一定范围，不能更讲声韵，只以字面之虚实为对，于是并双数之二、四、六等各字，亦一概不拘，此则又当别论，非常例也。

　　今更举正式各联句之声韵例如下：

　　　　承家平多旧仄德仄
　　　　累代仄有清平风平

　　　　松菊仄开三平径仄
　　　　琴书平萃一仄堂平

　　　　五岳仄圭稜平河气仄势仄
　　　　六经平根柢仄史波平澜平

　　　　及时平大放仄光明平地仄
　　　　与物仄同遊平浩荡仄天平

　　　　天半仄朱霞平云中平白鹤仄
　　　　山间平明月仄江上仄清风平

　　　　天下仄文章平莫大仄乎是仄
　　　　一时平贤士仄皆从平之遊平

槛外仄风光平不古仄不今平图画仄

窗前平鸟语仄非丝平非竹仄笙簧平

以上除双字数各联之末一字外，余皆每二字平仄相间。此为联语之最正式者。故遇五六字之联，其句腰适为单数字，有时转可以不拘。如：

聊收静者趣

且读古人书

清影半轮月

芳情一信风

拂几清风作帚

开窗明月为灯

读书不求甚解

鼓琴足以自娱

其句腰或俱平，或俱仄，虽与定例不合，而读去皆觉无妨，以非抑扬顿挫处也。所关重要者，惟在第二字与第四字；此二字相较，尤以第二字为更重要。推之七字、九字各句，亦然。只须第二字顿宕叶韵，余诸字有时不合定例，亦可无碍。例如：

　　　蓬莱隔弱水三万里

　　　上古有大椿八千年

　　　清谈如晋人足矣

　　　浊酒以汉书下之

上之二联，惟第二字合定例；余之第四、第六，或合或否，皆无关重要。而较觉重要者，转在第五字。其故因"水"字、"椿"字、"人"字、"书"字，物名已完全，可以停顿；而"弱、大"字、"晋、汉"字，皆不完之名词，不可停顿。

　　然则联语之节拍，实随意义为转移，能合诗句格律自佳；否则不妨随字义之可停顿处，斗合平仄，以求可读；时值不得已，即不斗合平仄亦可。惟句首之第二字，必当审慎出之；有时值人名或物名，更移于第三、四字，此所谓句眼也。举例如下：

　　　何无忌酷似其舅

　　　严挺之乃有此儿

因羊舌而得氏

肯猪肝以累人

莫饮酒日食一斗饭

不择地文如万斛泉

准以上各论，可得二归纳，分列如下：

第一，即联句之声韵，按诗律注重各双字，使平仄相间，是谓正式语调。

第二，即联句之声韵，但注重可停顿处之各句眼字，使读去谐叶，余俱任便，是谓不正式语调。

兹更杂举数则如下，以便读者隅反审辨，藉知声调注重之所在。

国光勃发
民气昭苏

有天皆丽日
无地不春风

是东大陆春日
有新中国少年

万里阳和春有脚

一年光景月当头

谁家见月能闲坐

何处闻灯不看来

真学问从五伦起

大文章自六经来

烧柏子香读周易

滴荷花露写唐诗

金石其心，芝兰其室

仁义为友，道德为师

得山水情，其人多寿

饶诗书气，有子必贤

第二节　联之声韵

积句成联，句之声韵，即联之声韵。前节已说明句之声韵矣，则联之声韵即概其内，何必更述联之声韵乎？不知所谓句之声韵者，乃一句中抑扬顿挫之音节也。若联之声韵，则为全联各句间之抑扬顿挫，故其音节与各句又自不同。兹就两句之联以及多句之联分述之。

凡两句为一联，则全联共四句。其最整齐者为八字联，每句各四字，大略已如前述，可不赘。今述八字以上，如十字、十一字，或十二字以上者。大要出联上句末一字宜平，下句末一字必仄；对联上句末一字宜仄，下句末一字必平。举例如下：

　　种十里名花，何如种德
　　修万间广厦，不若修身

　　竹杖敲苔，倚窗小梅索句
　　簾波侵笋，闭门明月关心

　　翠竹苍松，六月秋风凉枕簟
　　奇花异卉，四时春气蔼楼台

　　引水挹山光，蔚一片赤诚霞气
　　开簾供野趣，栽四时玄圃仙花

　　移石动云根，欲上青天揽日月
　　闻琴知道性，还从物外起田园

五柳先生懒自栽，惟望享邻家秀色
六朝风景由他变，且快收此日清光

　　上为两语成联之常例，其间尤以上句四字或五字，下
句七字者为最普通。句末一字多平仄相间，但亦有出联二
句，末字皆仄；对联二句，末字皆平者，此则变例也。如：

清风明月，不用一钱买
流水高山，自有万里心

及时为乐，请自今日始
与世无争，长如太古初

无思不服，岂闻东西南北
共和惟新，普及士农工商

际此美景，愿以金貂换酒
难得良宵，免教玉漏催更

　　自两语以上，延及三语、四语，大要各语末字多平仄
相间。其有出联连数语平收，而末句用仄；对联连数语仄
收，而末句用平者，实变例也。近来用之者多，此类变例
遂成通例。顾于声调上用此，亦大有气盛言宜之概。今各

举数则如下：

以名门淑媛，为华族贤妻，世谊相关钦美德
是设帨良辰，即称觖令诞，长生不老祝遐龄

从西蜀万里整归装，琴无恙，鹤依然，屈指廿年贤令尹
先东坡一旬作生日，左木公，右金母，齐眉八秩两神仙

文能载道，诗可惊人，当代儒林同一哭
生不逢辰，没多遗憾，名山事业付千秋

江淹赋别，杜牧工愁，读北海论盛孝章书，早虑斯人无永岁
春雨填词，秋灯校史，仿玉溪题李长吉集，幸今没世有传书
（以上正例）

鸿案喜齐眉，好瑟鼓琴，日永蓬壶春不老
兕觥今介寿，悬弧设帨，风清棠境乐无央

福算晋八旬，多子多孙，齐捧出王母碧桃、麻姑

仙草

　　寿筵刚二月，难兄难弟，正开到尚书红杏、宰相
梅花

　　下笔呕心肝，竟忧伤憔悴以终，骑鹤人远思水部
　　论文异面目，极酣畅淋漓之致，谈龙我欲起渔洋

　　当时末座追欢，把影事重寻，在黄公垆头、山阳
笛里
　　老作词坛祭酒，问遗型安仰，有汝南月旦、典午
风流

　　（以上变例）

第二章　联语对偶法

第一节　数字对偶

联语既为对偶之句，于对仗上自不可不注意。普通以实字对实字，虚字对虚字，使虚实相称，即为合法。但虚字虽无甚定则，而实字之中，则有种种惯例，初学不可不知。其间尤重要者，如数字、色彩、干支、岁时、动植物、方名、器物、天象、地文等数类，沿用既惯，大觉非对不可。今先举数字对偶法于下。

数字之中，以单用一数字为较易觅对，其连用二字或三字者，则较难；又单独一数字，用于奇数词间，则较易，其用于偶数词间者，则较难，以有平仄之拘束也。例如：

万民有庆
五族共和

万家元夕宴
一路太平歌

天上一轮满

人间万里明

未能一日寡过

恨不十年读书

五岳圭稜河气势

六经根柢史波澜

一庭之内有至乐

六经以外无奇书

千树梅花万年乐

两间茆屋一溪云

以上各联，其数目字皆在奇数间，即在第一字，或第三字、第五字也。于此种奇数词间，其平仄可以不拘，故不妨以仄对仄，以平对平，任意取用，只须是数目字便合。若用于偶数词间，则不能如此自由矣，例如：

德行比三古

才名横九州

松菊开三径
琴书萃一堂

瑞绕重门增百福
春回甲第集千祥

万户春灯传五夜
一天晴雪兆三丰

壶中有三生梦到
海上看万里秋来

造绝顶千重尚多福地
登此山一半已是壶天

蓬莱隔弱水三万里
上古有大椿八千年

上之各联，数字皆拘于平仄，不能率意采用。盖数字中之平声字，仅有"三"与"千"二字，余皆仄声，故用之偶数词间，极为不易。欲济其穷，非杂用"群、诸、多、余"等字不可。然执意欲为工对者，往往不肯杂凑。

此所以于对联中用数字，宁置诸奇数词中，勿置诸偶数词中也。

此外有连用许多数字者，裁对更为不易。因既叠用数字，其间必有位于偶数词间者，不得不为平仄所拘。于是往往有出联而无对联，有对联而无出联，勉强为之，未免牵凑不合拍。故措词时宜有巧思，方不致穷于应付也。例如：

范陈九五福
桃熟三千年

仙居十二楼之上
大寿八千岁为春

三千岁月春常在
六一丰神古所稀

三五良宵洗河汉
大千世界放光明

七十二峰青未了
万八千株芳不孤

二十四考中书令
万八千户冠军侯

萱寿八千八旬伊始
范福九五九畴乃全

望三五夜月对影而双，天上人间齐焕彩
占八千春秋百分之一，椿庭萱阁共遐龄

著书成二十万言，才未尽也
得谤徧九州四海，名亦随之

酒债寻常行处有
人生七十古来稀

仙山楼阁寻常事
月地云阶一倍寒

二十高名动都市
九州生气恃风雷

呼朋亦得二三子
出地何愁八百年

数百岁之桑弧，过去五十，再来五十
问大年于海屋，春华八千，秋实八千

四万青钱，明月清风今有价
一双白璧，诗人名将古无俦

王者五百年，湖山具有英雄气
春光二三月，莺花合是美人魂

现一十七世宰官身，继帝王而宣化
为千亿万年斯文主，参天地以同流

望望七十二峰，工部游时，诗圣有谁能嗣响
遥遥一千馀岁，文公去后，岳云从此不轻开

泛洞庭湖八百里秋波，挂席来游，三楚风涛摧袖底
邀太白楼一千年明月，凭栏远眺，六朝烟景落尊前

　　综以上所举各联观之，其最正当者，为两数字平仄
适调之联。对法不出"三"与"千"两平声字，其仄声
数字则可随便。惟欲连得两数字，出以自然，使适与事
合，亦至不易。至若连用三数字，则万不能使平仄悉

合，于是变通之，使有二字合平仄，余则任其自然，此不得已也。其中如以"一十七"对"千亿万"，以"七十二"对"一千馀"，以"八百里"对"一千年"，所有"一十七"之"一"字本可不用，只以对句有三数字，遂详言之。又"一千馀"之"馀"字，若详计，恐尚不止三数字，今以出句只三数字，遂略言之。又"一千年"之"一"字，若依通例，只言"千年"亦得，今必言"一千年"者，以欲对出句之"八百里"也。其他如四数字以上，更当变通对之。如上之"二十万言"，视之如双叠名词，而对以"九州四海"，洵所谓巧不可阶。凡遇多数字，能如此变通，自无窘步。外此，若以"对影"偶"百分"，以"寻常"偶"七十"及"一倍"，均裁对家经意为之，非熟谙字义，不能有此。推之，"咫尺"、"太半"、"毫厘"、"丝忽"等，亦均可作数字用，惟在裁对时，巧于运思耳。

第二节　色彩对偶

凡色彩字，用于诗词联语中，足以增人美感，与用珍宝字足以起人珍重之思，同一作用。故欲求联语之华丽名贵者，恒以多用色彩字及珍宝字为不二法门。况数字足以增词句之气势，色彩足以益文辞之妍妙，二者于对仗上皆占重要位置。学者不可不讲，但亦不可强用，宜出以自然始佳。抑数字甚多，范围本宽，若色彩字则为数有限，用时亦不宜过繁，一联之中，至多亦仅两见。普通使用者，如青黄赤白黑蓝、朱碧红绿紫玄等。外此，特别之色彩字，亦间有之，惟不常用。兹先举通常之例如下：

远水碧千里
夕阳红半楼

秋露滋丹桂
春风醉碧桃

林间暖酒烧红叶
石上题诗扫绿苔

水如碧玉山如黛
诗满红笺月满庭

绮窗白雪扬雄赋
棐几红鹅逸少书

人近青藜书五色
文窥丹检玉千行

古纸硬黄临晋帖
矮笺匀碧写唐诗

柳影绿围三亩宅

藕花红瘦半湖秋

白云吾庐，青琴在案

绿竹似笑，素馨忽来

绿竹映窗，红梅照座

青云入抱，碧水棲神

碧纱待月春调瑟

红袖添香夜读书

红妆带绾同心结

碧沼花开并蒂莲

红烛夜深翻《博议》

绿窗风细咏《关雎》

金屋才高，诗吟白雪

玉台春早，妆艳红梅

引领具区，陶朱泛宅依然，疑与沙鸥翔渤澥

娱魂香海，李白骚心涤尽，不辞玉笛老江城

　　上举各联，均以色彩字见长。盖色彩字原为形容词之一种，形容既妍妙，词句亦自然随之研妙。惟用于奇数词间，平仄可随意；若置诸偶数词间，亦宜留意声调。大要平韵色彩字，如青、黄、红、朱等，较之数字为稍宽，故有一联中叠用两色彩字者。例如：

　　　　紫箫吹月翔丹凤
　　　　翠帻摇云舞彩鸾

　　　　彩笔画成红蟢子
　　　　绣窗唤起绿鹦哥

　　　　绛幔风清芬扬彤管
　　　　碧筒酒美颂晋金萱

　　　　彩凤舞遥天，仙悦紫云南岳丽
　　　　青鸾传吉语，绮筵红雪北堂开

　　色彩字亦有借用之法，前联之"翠"与"彩"，"彩"与"绣"，"彤"与"金"，已属借用。兹更举数例如下，以便隅反。

翠柏苍松，是寿者相
紫芝瑶草，得气之先

湖海豪情，元龙高卧
神仙遐想，黄鹤来遊

花烁金萱，瑞凝堂北
星辉宝婺，彩映弧南

绩懋龚黄，东海苍生资霖雨
诗尊元白，南方朱鸟仰明星

胸贮绀珠，女界宗师传早岁
手牵彩帨，遐龄寿算祝长春

　　以上各联中，如将"瑶"对"苍"，"瑶"本珍宝字，玉中之最美者，以其白，故亦借用为色彩字。"元龙"之"元"，旧时本以避讳，用代"玄"字，今故借以对"黄"字。又以"瑞"对"彩"，"瑞"本古时用为符信之玉，此处虚用，亦属借对，犹"苍"之与"瑶"也。至以"龚黄"对"元白"，与前"陶朱"、"李白"一联相似。龚遂、黄霸皆汉时循吏，元稹、白居易皆唐代诗人，如此自然集合，于姓名中偶色彩，更为对句中所不多见。其以"绀、缃、绛、粉、黛、黔、皂、黝、绯、赪、赭、缥、重、斑、缟、缁、皓"等代用者，不独济色彩字之穷，亦所以增其古泽也。

　　色彩字之联语，有时亦可以他种形容字对之，不必定对色彩字。因色彩本为形容词之一种，就广义属对，自无不合。兹更列数例如下：

　　　　兔魄连银海
　　　　鳌山接紫微

　　　　异彩放开双十节
　　　　共和永乐万千春

　　　　眼中沧海小
　　　　衣上白云多

　　　　沧海月明珠献彩
　　　　蓝田春暖玉生香

　　　　白雪任教春事晚
　　　　贞松惟有岁寒知

　　　　红藕花开，打桨人犹夸粉黛
　　　　朱门草没，登楼我自吊英雄

　　柏翠松苍，比翼共乘丹凤下
　　椿荣萱茂，重轮齐涌月蟾来

　　大块焕文章，白云在天，沧波无际
　　春风扇淑气，杂花生树，群莺乱飞

　　色彩字中，如"丹"与"粉、黛"等，本有实物者，
自可以名物词为对。否则，一联中连用多数色彩字，无从
觅偶，只有以其他形容词对之。如勉强凑合，失之不自
然，反不如不对之为愈也。名家属色彩对，每有择其近
似，而反以生色者，例如：

　　莫笑他北地燕支，看画艇初来，江头儿女增艳色
　　尽消受六朝金粉，只青山无恙，春风桃李又芳菲

　　上联色彩字之属对，可谓出神入化，"燕支"即"胭
脂"，与"金粉"对，真铢两悉称；"画"字亦近似色彩
字，以"画艇"对"青山"，极为自然。至"艳色"之与
"芳菲"，"芳"本有至美之一解，如"芳声"、"芳名"之
类，亦近乎色彩字也，以之对"艳"字，适分量恰合。凡
此，皆当临时随意审合，非有定则，全视善于运用与否
耳。

第三节　干支对偶

　　除数目及色彩各词外，以干支之对偶为最重要。文字初无定则，法皆生于惯例。吾国自六朝以来，素重对偶，而干支之对，尤为韵文中所常见，若一定不可移者；苟干支不与干支属对，往往噀为不工。由是因诗词而延及联语，凡联语中一及干支字，其对语亦必择干支字以配合之，虽未免稍嫌拘束，然亦大有因难见巧、致成名对者，学者不可不知。兹先举正例如次，其借对而变通之者，更列举于后。

　　　　焚葵丁火活
　　　　烧笋午风清

　　　　花甲宴开週半后
　　　　桃庚尊启十旬初

　　　　甲第云连，竹苞松茂
　　　　午窗日永，鸟语花香

　　　　门幸无题午
　　　　人惭不识丁

建寅古朔仍遵夏
坼甲新机共发春

花甲初周，夫妇齐眉鸠杖健
芳辰一醉，儿孙绕膝觥觚多

杯倾北海辰初度
颂献南山甲再周

抚辰逢地腊
建午届天中

万脉贯输，神既周于亥步
四科综策，道更豒乎庚由

颂晋林壬欣介寿
算周花甲乐延年

岂意日斜庚子后
忽惊岁在巳辰年

其变通借对者，例如：

旭日重门照

春风甲第初

瑞绕重门增百福

春回甲第集千祥

甲子重新，如山如阜

春秋不老，大德大年

绕膝有莱衣竞舞

齐眉看花甲同周

弧帨值嘉平，堂上齐眉周甲子

庭帏绵福禄，尊前众口祝期颐

令旦喜逢天贶节

生辰好共佛如来

曲水流觞，辰经上巳

海筹纪算，节号长春

天朗气清延淑景

辰良日吉祝遐龄

三过其门，虚度辛壬癸甲

八年于外，平成河汉江淮

八载殚勤劬，癸甲辛壬，云予勿子

九州告奠定，东西南朔，微神其鱼

帝出乎震

人生于寅

　　上联中，"重门"与"甲第"对者，以"甲"作"首"字解也；"甲子"与"春秋"或"期颐"对者，以"甲子"代年"岁月"也。若"莱衣"与"花甲"，则视如"甲胄"之"甲"；"令旦"与"生辰"，则用如"时辰"之"辰"；以"辰"对"节"亦然。其"上巳"与"长春"，则用同节候。他若干支多用，如"辛壬癸甲"，无从觅对，则只可以相类之名色字对之。要之，干支字不易对，而变通对之，固时有奇致。亦有不必以干支为对，而有意觅词相合者，如"赤子"对"白丁"，"典午"对"添丁"，"丁东"对"未央"，"辛勤"对"未艾"，"亥唐"对"子夏"之类，有时亦颇能动目。属对时，要不可拘于一方面，惟在临时裁度耳。

第四节　岁时对偶

岁时对偶者，如春夏、秋冬、寒暑、早晚、晨昏、昼夜、晦明、朝暮之类。此类字属对，本不必过工。但如四季之名，则普通较为重要，能对则益见工整。例如：

古历仍遵夏
新机共发春

秋露滋丹桂
春风醉碧桃

秋月当窗云影淡
春风拂槛露华浓

鹤算添时临首夏
龙华会上祝长春

长杨春校射
细柳夜谈兵

春雨一簾苏子赋
秋烟半壁米家山

笔扫春云飞远藻

剑含秋水寄雄心

柳塘春水漫

花坞夕阳迟

翠竹苍松，六月秋风凉枕簟

奇花草卉，四时春气霭楼台

倚栏仰夜月

卷幔挹春风

雨馀千叠暮山绿

花落一溪春水香

　　由以上各联观之，凡用四季名于偶词间或句末，恒以仄声只一"夏"字，不得不慎重而变通之。若用于奇词间，可以不论。其有不拘成例者，如：

鸟啼春院静

鱼戏野池幽

诗写梅花月

茶烹谷雨春

宿雨暗滋书带草

春风先报墨池花

园中草木春无数

湖上山林画不如

半榻有书邀月共

一春无事为花忙

如气之秋，窈窕深谷

犹春于绿，荏苒在衣

其他"朝暮"等字，自更不可拘，而节令等名，自亦不必定对节令。此不过聊举一例，以备取则而已。

第五节　动植物对偶

吾国诗词联语惯例，凡动物必对动物，植物必对植物。而动物之中，必且禽鸟须对禽鸟类，昆虫须对昆虫类，兽须对兽类；植物之中，有时亦必花卉对花卉，果木

对果木，惟不若动物之严别界限耳。兹先举禽鸟类之例
如下。

燕报重门喜
莺歌大地春

鸟啼苔有迹
莺啭柳如丝

春心传燕子
晓梦打莺儿

诗句题鹦鹉
箫声引凤凰

调成鹦鹉芳心警
绣得鸳鸯倦意慵

文鸾对舞珍珠树
海燕双棲玳瑁梁

迥鸾锦字新题句
睡鸭金炉小篆文

几朵好花簪凤髻
一湾新月画蛾眉

赋成犹梦横江鸭
书罢应笼泛渚鹅

鸾笙合奏华堂乐
鹤算同添海屋筹

璇闺喜溢鸿眉，花灿金萱，祥开藻悦
海屋新添鹤算，星辉宝婺，庆洽瑶觞

地本仙居，鸠杖亲擡寻药饵
官真吏隐，鹤觞小酌咏梅花

禽鸟类属对，多有借用者，如上之"燕喜"，"燕"本作"宴饮"解；"鸿眉"实齐梁鸿之眉，系借用人名；"鹤觞"则以鹤寿甚长，代用"寿觞"字。凡此，皆撰著时别运巧思，以求工整，苟非心机灵敏，即不能得此。至其采用之鸟类，大都皆择取华丽者。如鸳鸯、鸾凤之类，所以增文字之色泽也。

次举兽类之例如次：

宏谋抒豹略
锐气著熊威

龙韬娴武略
虎帐壮军威

六龙整驭天行健
万象含辉地道光

羊祜惠犹留岘首
马援功未竟壶头

驹景驻颜登上寿
龙躔肇岁夺先声

万丈白虹马生角
一堆黄土豹留皮

葆素全真，自是申公迎驷马
修身练性，已如老子跨青牛

令旦喜悬弧，象闰归奇，龙辔迂行延淑景
良辰逢揽揆，鹿车表德，兕觥进酒祝遐龄

象服是宜，珈饰山河歌偕老

兕觥迭晋，璇闺琴瑟永和鸣

司马列周官，均守简稽，出治兵戎入振旅

蚩熊征国瑞，整军经武，内安畿甸外筹边

虎帐壮军威，天肃清高，风云变色

龙韬娴武略，地临形要，旗帜生光

以上借对处，如"万象"之"象"，本虚用，"象闺"二字亦然。其属思之工巧者，如以"羊祜"对"马援"，两姓适皆相偶；而"司马"之对"蚩熊"，以官名作通常字义讲，亦甚极勾心斗角之能事。

此外有鸟兽、昆虫等通对者，亦粗举数则如下：

虎闱谐卜凤

豹略喜乘龙

深杯浮绿蚁

明镜舞青鸾

益寿平添鹤筹算

同心共挽鹿门车

兕酒称觥倾菊酿
鹤筹添算庆萱龄

兰阁风薰，筵开虎帐
萱堂日永，海纪鹤筹

画虎悬门，桑弧耀彩
刻鸠晋杖，椿厄延龄

快婿喜乘龙，好合百年嘉耦配
昌期谐卜凤，祥开五世正卿占

羡令嗣学富鱼钤，誉著戎行，细柳高风标伟节
祝上寿筹添鹤算，欢承禄养，大椿爱日驻长春

有时用词过多，亦或变通与其他各物为对，不拘本例。今略列数则如下：

龙马精神，威扬禹甸
岳嵩钟毓，秀挺蓬莱

榑桑九株，桂林八榦
凤苞五彩，龙券十华

刘樊眷属神仙侣

荀薛儿曹龙凤姿

鸿案相庄，凤凰娱志

鹿门偕隐，山水怡情

横笛一声，延西泠十二桥明月

登楼长啸，和凤林八百杵钟声

　　植物等之属对则较宽，其变通处亦多，有任意与他物作对者。今先后分列于下。

诗写梅花月

茶烹谷雨春

嚼花香满口

书竹粉粘衣

千树梅花万年乐

两间茅屋一溪云

菱花光映纱窗晓

竹叶香浮绣户春

兰阶日暖生麟趾

桂阁风轻起凤毛

爱日灵萱春自永

疾风劲草寿弥高

奇节筼筜，清姿松柏

绮筵桃实，纱帐萱花

玉树阶前，莱衣竞舞

金萱堂上，花甲初周

道统绍薪传，洙泗真源今未坠

儒型垂梓社，沧洲精舍此重开

琴瑟春常在

芝兰德自馨

万树琪花千圃药

半窗明月数枝梅

清风惯向松筠度
长日都从笔砚消

已栽桃李成新荫
且拥图书卧白云

多识虫鱼笺《尔雅》
广收花草读《离骚》

杰构地偏幽，水如碧玉山如黛
高人居不俗，凤有高梧鹤有松

乔木成阴，喜莺谷高迁，松茂竹苞宏气象
瑞芝茁秀，看驷门大启，地灵人杰壮规模

　　大抵植物一类，有时可视同器物，故"琪花"可以对"明月"，"松筠"可以对"笔砚"，"松茂竹苞"可以对"地灵人杰"。此皆随时随意，权宜为之，盖与其对仗工稳而词意牵强，不如对仗稍参差，使词意条达之为愈也。此不独本类为然，即以前及以后之各类，亦皆如此。学者慎勿过为定例所拘。

第六节 方名器物等对偶

　　此类字在诗词联语中，亦以能属对为工。惟方名字甚少，属对非易，故有参用上下、内外等字，以济其穷者。若器物等，则为数较宽，可以不拘。中间如珍宝一类，足以增文字之色泽，故用者尤多。其天象、地文等，亦往往须各从其类，非是则觉其不工。今分别列举于下。

　　　　北斗临台座
　　　　南山献寿松

　　　　东台占太乙
　　　　南陆灿长庚

　　　　东海桑田同旦暮
　　　　南山天保颂冈陵

　　　　仙帨紫云南岳丽
　　　　绮筵红雪北堂开

　　　　王母西池来献寿
　　　　老人南极仰明星

东海苍生出为霖雨

南岳朱鸟上应列星

东坡雅人宜作生日

西方寿佛长取新年

司马耆英，樽开北海

伏波矍铄，颂协南山

丙曜南方，寰区乐业

寅宾东作，阳谷回春

西望瑶池降王母

南极老人应寿昌

南海普陀，公是诸天佛子

东方曼倩，人称陆地神仙

宝婺一星明，堂北萱荣逢设帨

长春百年寿，池西桃熟佐称觞

莲叶东西迎水槛

柳条南北看山楼

　　以上方名各字，多用于单数词，以可不拘音韵也。若用于偶数词，如"堂北"、"池西"等，则为音韵所拘。而诸方名字中，惟"北"字为仄声，余皆平声，有时不易觅对。故名家属联，多以置诸单数间，取便属对。间有入诸偶数词间者，非运典极自然不可。至其变通之法，例如：

　　　　朔方节度使
　　　　南极老人星

　　　　豹变南山雾
　　　　莺歌大地春

　　　　是东大陆春日
　　　　有新中国少年

　　　　南国机丝堪黼黻
　　　　中天云锦焕文章

　　　　研究中西学说
　　　　栽培纯粹人材

人望昌黎如泰山北斗

帝命傅说作舟楫盐梅

遵大路兮，自西自东，自南自北

登斯堂也，如切如磋，如琢如磨

大江南北，亦有湖山，来自衡岳洞庭，休道故乡
无此好

近水楼台，尽收烟雨，论到梅花明月，须知东阁
占春多

衔远山，吞长江，其西南诸峰林壑尤美

送夕阳，迎素月，当春夏之交草木际天

胜地据淮南，看云影当空，与秋水平分一色

扁舟过桥下，问箫声何处，教玉人吹到三更

上联中应注意者，如“朔方”之“朔”，本作“北”
解，自然可以对“南”。其他如“南山”对“大地”，“南
国”对“中天”，“故乡”对“东阁”，“淮南”对“桥下”，
亦皆有指示方位及形容之意。惟连用二字、三字以上，无
可觅对，则不得不视作名物或他种词，以求对语适宜，如

前之"西东南北"对"切磋琢磨","南北"对"楼台"是也。

器物一类,范围甚广,大而宫室楼观,小而日用饮食,无不包含其中。然属对时能斟酌物品,使分量相称,则尤佳。且不论喜庆、哀挽、书斋、园亭等,各有相当之事物,亦各有相当之典实。巧于运用者,自足使出联、对语铢两悉称,否则不免芜杂之病。兹择较工整者分列如下。

焚香读《易》
脱帽看《书》

琴号珠柱
书名玉盃

洗砚鱼吞墨
烹茶鹤避烟

检书烧烛短
看剑引盃长

无丝竹之乱耳
乐琴书以消忧

闭户著书多岁月

挥毫落纸如云烟

午枕听儿吟好句

晚窗留客弄残棋

一帘风月王维画

四壁云山杜甫诗

梅影横窗成画本

兰风度槛入诗情

竹里登楼人不见

花间觅路鸟先知

不设藩篱，恐风月被他拘束

大开户牖，放江山入我襟怀

仙到应迷，有帘幙几重、阑干几曲

客来不速，看落叶满屋、奇书满床

小筑三楹，看浅碧垣墙、淡红池沼

相逢一笑，有袖中诗本、襟上酒痕

　　以上皆普通书斋、园亭间所用，大要不外琴棋、窗槛
之类。以幽雅之物，写幽雅之事，引起人心中对于书斋、
园亭之观念，能得一种愉快高尚之致，即称佳构。若喜
庆、哀挽等，即又不同，并举如下。

　　　　云拥妆台晓
　　　　花迎宝扇开

　　　　绣帏翡翠集
　　　　金管凤凰调

　　　　香闺珠结帐
　　　　锦幄玉为钩

　　　　宝砚暗书连理字
　　　　琼浆高捧合欢盃

　　　　文窗绣户垂丹幙
　　　　银烛金盃映翠眉

　　　　碧纱待月春调瑟
　　　　红袖添香夜读书

开镜香生京兆笔

卷簾花映寿阳妆

金屋莺娇，喜抱鸳衾开锦帐

玉堂燕誉，笑依鸿案进芳尊

海屋仙筹添鹤算

华堂春酒进蟠桃

瑶池桃熟登琼席

玉树柯荣绚綵衣

宝帨生光，綵嬉莱子

华堂开宴，酒进麻姑

弧帨同悬门画虎

瑟琴静好杖扶鸠

翠管银罌添喜气

桑弧蓬矢祝遐龄

鹤笛延和，筹添海屋

鹿车偕隐，春满华堂

梁孟雅风规，举案齐眉双白发
刘樊仙眷属，悬弧设帨两青尊

老莱綵舞，玉树风清，喜贤子高标能回日
王母宴开，瑶台春满，看文孙横海拜将军

梓舍列戎行，学富鱼钤，海宇风清怡禄养
萱堂绵寿算，欢腾兕酒，兹闱日永祝长春

凡用器物属对者，以喜庆等联语为最多。其故因正事无甚词说，不得不藉诸种适宜器物，为导达情宜之具，或以致祝颂之意，或以寓贺悦之忱，皆宣言中所不可少者。惟出联、对联，须工力悉敌。苟非万不获已，双方隶事，不宜过于参差也。前列各联，俱用器物名词之极工整者，当取以为法。

其"金玉珠瑶"等字，在诗词联语中，多用为形容词，如屋称"金屋"，萱称"金萱"，树称"珠树"、"玉树"，台称"瑶台"，池称"瑶池"，杯称"玉盉"。虽各有所本，要皆可活用。苟能以此类字入之词句中，即太白仙才，亦不过尔尔。今试观其《宫词》及《清平调》应制诸作，大抵皆以多用此类珍宝名词，始见其富丽也。后人则效之，故联语求其华贵端重，亦惟以此法入之。所不如者，太白天才艳逸，出语自有雍容遒俊之气，他人拟之，往往有堆砌之痕，俚俗之韵，此不可以强几。譬诸佣书写字，纵工整绝伦，自有一段俗气。以无诗卷泽其心胸，道义涵其灵府，非有闲静浩逸之气，自无从容肃穆之姿也。若素读书养气，有其高洁名贵之衷肠，则所书纵或人工未至，亦自雅饬异人。是故联语虽小道，亦大与学养有关，青年诸子，慎毋以浮躁出之。

天象、地文各名词，大要亦皆各从其类，成一词学家属对之惯例。有时以词意之牵缚，亦或通融。然苟可设法使之合例，亦决不故意参差也。今略举各例如次：

　　　　风云欣会合
　　　　星斗焕文章

　　　　眼中沧海小
　　　　衣上白云多

　　　　江山供指顾
　　　　风月助登临

　　　　花香日暖垂帘静
　　　　月淡风和小阁幽

半榻清风云乍散

一楼明月雨初晴

溪云初起日沉阁

山雨欲来风满楼

兰阶日暖生麟趾

桂阁风轻起凤毛

珠簾夜卷邀明月

绣阁春深护彩云

华岳三峰凭槛立

黄河九曲抱关来

依然极浦遥天，想见阁中帝子

安得长风巨浪，送来江上才人

心远地天宽，把酒凭栏，听玉笛梅花此时落否

我辞江汉去，推窗寄慨，问仙人黄鹤何日归来

大江东去，浪淘尽千古英雄，问楼外青山、山外

白云，何处是唐宫汉阙

小苑春归，莺唤起一庭佳丽，看池边绿树、树边
红雨，其间有舜日尧天

灯火春星浮北郭
云霞朝景揽西神

万壑烟云留槛外
半天风雨拂窗来

适从云水窟中来，山色可人，两袖犹沾巫峡雨
更向海天深处去，邮程催我，扁舟又趁浙江潮

其他喜庆等事，亦多有用及此类词头者，惟不如书
斋、园亭、寺院等处用之为尤多。因此等处所，本以游赏
风月、吟玩山水为事也。间有变通属对之处，大要亦皆类
似之物，如楼阁、道路之类。其中时间，亦每视同名物一
例。盖世间不出二者，纵则时间，如岁月、四季等；横则
空间，如风云、月露、山河等，此皆借物抒情所不可逃
者。古人吟风弄月，批山判水，或以取讥。然范于此广宇
悠宙间，实更无他物可以陶写闲情。联语为诗词之附庸，
自亦事同一例。观前之各联，如欲舍去此类词头，实亦无
从表现意义也。然则有志词章者，可不注意于此钦！

第三章　联语用词法

第一节　须知典实之来源

诗词联语，全恃词头为装饰。譬诸人之有容貌、衣服，同一人也，服华美之衣，尊其瞻视，自然人望而亲之畏之；反是而一朝改服贫贱之衣，易愁苦之容，则人皆望望然去之远之，或且呼叱之矣。此虽世情冷暖，由来如此，似不足以概君子。然文字为美术之一种，词章尤美术文字之重要者，其所以至今不废，而诗词联语，当此文化更新之会，更勃然见重于社会间者，无他，吾人喜好美术之根性，自天而生，本有生以俱来，非由外界强之好也。是故不用联语则已，苟用联语，必择其词雅而丽者，以为如此始足增荣也；不作联语则已，苟作联语，必制为词典而则者，以为如此乃足抒情也。若是，则典实一端，为学者所不容缓矣。

凡属词头，必直接、间接自故事辗转而来，是即所谓典实。初学不知来源，贪务妍藻，妄意用之，每致贻人笑柄，且或意与词乖，生凑硬砌，不能自然。此皆不明出典之所致也。今欲祛此病，首在多检词典，明其出处。苟不知其源，断断不可妄用。如一时检查不得，但将此词永存于心，时时留意，往往于读书稽古之时，无意中自然遇见，是时即从速摘录簿册中，以备应用。若闻见时随意忽过，读书稽古时更不留意，恐永无明白底蕴之日也。

所有词书之种类，亦有初学所不可不知者，近今新出版物，如：

《分类词源》，本局出版

《词源》，商务出版

《新式学生辞林》，中华出版

以上三书，惟《分类词源》搜罗最广，且最合诗词家之应用。余二种不脱普通性质，然比较的以《词源》为翔实，以《学生辞林》为浅显，要皆各有所长，一书有一书之用。譬诸近今字典，各类繁多，不可枚举。然旧式之《康熙字典》一书，仍不能废，此由其搜罗赅备，征引详尽，为他书所无也。今诸类词书，亦有虽旧而不可废者。如：

《事类统编》

《渊鉴类函》

《佩文韵府》

《骈字类编》……等等

各书中除《事类统编》有石印小本，价廉易购外，余各书皆大部数十册，为价极昂，不易置备。然实为查检典实必不可少之书。各地图书馆或当有之，可随时入馆借阅，自己只购新式词典一种及《事类统编》一部已足。盖一时有一时新构成之词，非新词典无可查考，而欲求分类可供采用者，则莫妙于《事类统编》一书。从前普通词章家多取材于此，实为用词最初步之书。虽有一部分不合现在时代之用，要不失为材料丰富之作。若能兼备《分类辞源》，则更善矣。

　　至检查之法，亦宜活泛而不可呆求。例如上举各联中，有"鱼钤"二字，此二字为《词源》所无，顾其"鱼"字部中，有"鱼符"二字，"符"即印信，与"钤"字义合，阅其注，知为刺史尊官及军旅所用，所以表官职或武职。若呆寻"鱼钤"二字，则不可得矣。又如"海屋"二字，如检《词源》"海"部二字词中无此词，即当连检其三字、四字各词，及至四字词中，遇有"海屋添筹"一词，即知为古海滨老者以筹纪海岸之变迁，后人遂用为祝人寿考之意。又如"宝帨"二字，于"宝"字部检查无此词；或又见"设帨"二字，从而检"设"字部则得之，乃知"宝帨"即为"设帨"二字之变用。诸如此类，于此不能得，则于彼求之，从多方面搜求，必有一得。如仍不能得，即当摘录，以便随时留意。不独检词如此，平日阅书时，遇有成为一典者，即当立时记录，如此日积月累，自然应用裕余矣。

第二节　变通典实之用法

凡一词用于句中，或以声韵关系，或以对仗关系，往往不能适合。于是改变其词之面目以运用之，或更变其句法之装置以配合之，二者将必有一法可以适宜。例如上之"宝帨"二字，即以对仗关系而变通者也。今更举数则于下。

仙居十二楼之上
大寿八千岁为春 (一)

三千岁月春常在
六一丰神古所稀 (二)

名山梅鹤饶清福
春酒羔羊祝大年 (三)

天保九如，富贵寿考
华封三祝，吉祥子孙 (四)

积善门庭大降祥，九五福符畴范
绕膝儿孙齐上寿，八千岁为春秋 (五)

八座起居，令子宫袍慈母线

重闱燕喜，南阳仙菊北堂萱 (六)

闲雅鹿裘，人生三乐

逍遥鸠杖，天保九如 (七)

蘋风绿漾知鱼槛

花雨红酣梦蝶楼 (八)

一种湖光比西子

千秋乐府唱南朝 (九)

杜老乾坤今日眼

范公忧乐昔人心 (十)

　　以上数联之用词，颇能变化入神。首联之"大寿八千岁为春"，系用《庄子》"上古有大椿"云云之语，句颇自然。但难于觅对，于是因仙人好楼居，而连带想起五层十二楼之事，遂以"居"字作实讲，对之曰"仙居十二楼之上"。此合两典为一语，运用如自己出者也。又次联之"三千岁月春常在"，系用西王母蟠桃三千年开花、三千年结实之语，而其人适七十岁，杜甫所谓"古来稀"者。惟"来"字处应用仄声，又"三千"之两数字，难于觅对。因有文家欧阳修号六一居士，遂并誉其文曰"六一丰神古所稀"。是则因难见巧，反使之语妙双关，运典于不觉者也。

第三联其人林姓，故借林逋梅妻鹤子誉其清高。惟孤山之"孤"，嫌于与寿事不称，因易之曰"名山梅鹤饶清福"，对语则从时令着笔，以其岁首称觥，乃用《豳风》"为此春酒"，曰杀羔羊之典，颂之曰"春酒羔羊祝大年"，语气颇偶侻浑成。

第四联"九如三多"，其事数多寡不称，故次句各以浑举为对。第五联之"九五福"、"八千春"，对法亦差与首联相同。

第六联出联下句，用孟郊《游子吟》意，惟其人适为朝官，遂用"宫袍"当"衣"字。对联下句，则颇费经营矣。盖其时为九月，有菊、萱二物可对上联之袍线，然萱在北堂下，以"北堂"对"慈母"，则"菊"字上亦必有方位词，方可以对"令子"，于是因南阳有菊溪，傍多杞菊，饮水居民皆寿考，因对之曰"南阳仙菊北堂萱"，意即云北堂慈母如南阳仙菊之多寿也。此联出语、对语，皆浑成可玩味，而又有华贵气象，颇不易得。

第七联出联，实荣启期事，所以暗用而不明用者，以对语有"鸠杖""九如"等词也。第八联之"知鱼""梦蝶"，皆见《庄子》，而一以作槛名，一以作楼名，几令人不觉其为用典，何等融洽。

第九联系题江宁莫愁湖联，梁武帝乐府有《河中之水歌》，故对联紧切莫愁，浑括大意，而云"千秋乐府唱南朝"，此语实现成超脱极矣。然难为出联，因从"湖"字上着想，猛忆苏东坡曾以西湖比西子，而西湖亦称西子湖，于是赞赏湖光而虚对之曰"一种湖光比西子"。此所谓以虚对实，铢两实不能悉称，而表面则毫无轩轾矣。

第十联系题岳阳楼联。岳阳楼现有范仲淹之记文可以运用，于是求其偶而得杜少陵登岳阳楼之诗，有云"吴楚东南坼，乾坤日夜浮"，遂从大处落墨，题之曰："杜老乾坤今日眼，范公忧乐昔人心。"此联之妙，既切其地风景，又切当日时艰，更以表见作者本人之胸襟。盖其时正值洪杨变乱之局，而作者系胡文忠公林翼，当时身任湖北巡抚，目击时世之艰困，力支危局，以天下自任，故镕铸此伟词，悬之楼上，以明衷情也。

以上不过略举用词之一例。要之，典实皆固定物，全在用者变而通之，使适于己之用意，合于己之词调。若必全用现成语，不独无此种恰合之词，抑且无此种现成之对。盖初学所以恒患无典者，非果无典，实有典而不能用也。每有近在眼前，人人皆知之典，初学竟不知拈用；或勉强能拈用其一二，而不知所以为对。此由胸中一时瞀乱者半，由实在腹俭者亦半，而其最切之症结，即在不善运用。是宜多作数语，此语不甚谐洽，再另作他语。几次三番之后，必有一二联可以适合者，久之而机调既熟，佳境自来。更加以多阅词书，广罗典实，则自不患措词之不工也。学者既有典实，又知运用之法，请进而言缀句，论列如下。

第四章　联语缀句法

第一节　缀句之次第

寻常作文属词，必先有上句，然后方有下句。惟作诗词、联语，有时或不尽然，而联语为尤甚。何则？联语之工，固在用意、隶事之巧合，尤在裁对之自然。使既有上句而下句不称，或既有上联而下联不工，则虽有一二佳句，亦不足贵也。

然则属联之法奈何？曰联语之用意，自当先有上联，再想下联；及既有用意之后，即当先属下联之词句，然后再属上联之词句。因联语上下相对，而吾人出笔，往往先属成者较为自然，亦较为挺拔。若既有成就之语，而依样葫芦仿照为之，往往不免杂凑。今将出联缓作，则纵有杂凑痕，而人且称其语句之奥雅。因无出言即如此艰苦也，及读对句而劲挺自然，必且以为善于属对，不愧能手矣。若出联先属，对联后属，则人之读之者，必且以为属对不工，从而轻之。故善属词者，意则先有上联，后有下联；句语则先有下联，后有上联。倘下联既成，上联不能属对，然后再略移下联以配合之。此乃属联语之第一不二法门也。

　　若工夫既造圆熟之后，有出句不患无佳对，然后一一顺次作之，亦自无妨。惟非老斲轮手，恐未易猝辨耳。上章末幅所引之联，有"一种湖光比西子，千秋乐府唱南朝"之句，此联形迹显然，其下句如此切合，自然必系先作；上联只从湖光牵合西子，必系后作。其余楹联中如此类者尚多，不能悉举。今略举数联，说明如下。

　　　　老莱綵舞，玉树风清，喜贤子高标能迥日

　　　　玉母宴开，瑶台春满，看文孙横海拜将军 (一)

　　　　勋望在郭汾阳文潞国之间，列邦致问

　　　　经济迈贺耦耕阎丹初而上，九赋用平 (二)

　　　　从西蜀万里整归装，琴无恙、鹤依然，屈指念年贤令尹

　　　　先东坡一旬作生日，左木公、右金母，齐眉八秩两神仙 (三)

　　　　适从云水窟中来，山色可人，两袖犹沾巫峡雨

　　　　更向海天深处去，邮程催我，扁舟又趁浙江潮 (四)

清慎勤，万口皆碑，即今官橐萧然，犹幸西台传
谏草

诗书画，一朝绝笔，令我征帆到此，不堪东阁弔官
梅 (五)

秋色满东南，自赤壁以来，与客泛舟无此乐

大江流日夜，问青莲而后，举杯邀月更何人 (六)

震川传筠溪翁，未必神仙能有异

蓉湖乐天随子，何因杖履去无还 (七)

夜雨怯春寒，遥怜锦瑟凄迷，母党枝摧环珮早

华年销黛影，更惨金闺稚弱，帷空啼索枣梨频 (八)

上举各联，尚是对偶中极自然而绝少斧凿痕者，然细加
体味，其中有下联而始作上联者，实居多数。如第一联，系
祝海军人员祖母之寿，故下联乃其主笔。惟此人尚有父在，
而其父操行极清高，于是以之作偶。顾海军有实事，操行则
托空，不得已，乃以李白诗句装点之。视若铢两悉称，实不
能逃作家眼光也。

第二联，其人为理财家，故下联实亦主笔，然但称其理
财，于祝寿无涉。故上联因其位望之崇，虚引汾阳、潞国二
人以寿之。

第三联，其人系十二月初九生日，且系双寿，故下联亦最重要，句语亦一气生成，望而知为先属成者。惟其人又新自四川罢官归来，上联遂由此着笔，藉此誉其清廉，句虽挺峻，较之下联，为有别矣。

第四联为丹徒丁某题金山寺联。丁某适由四川学使赴浙江，泊舟山下，匆匆游览，就当时情事言，似亦以下联为主。惟出联即就原来之四川着笔，实际既分量恰合，出笔又极跳脱，遂呈五雀六燕之观。此等杰作，于联语中实不可多得。

第五联系江苏学使黄漱兰案临扬州，弔其旧友某官。其人有"三绝"之称，用何逊赏梅旧事，寓伤悼意，故下联亦最合拍。而其人清廉，曾任御史，上联遂因以作偶。然用逆笔凑合，形迹自不可掩，顾其属对之工，已一时无两，传诵到今。

第六联系李某题安庆大观亭联。亭为李太白所曾游，作者隐隐借以自负。惟时当秋日，又来自鄂省，上联遂虚虚引起。

第七联系某挽无锡陆某，借用陆鲁望隐居高风以按合之。惟陆某年寿已高，上联遂用归熙甫《筼溪翁传》，称其得享大年。实际似无不称，句语亦洒脱自然，顾主位自在下联也。

第八联系弔青年妇以产育逝，遗有三五子女，弔之者与有姨表关系，而又作客他乡。上联遂由时令引起之，是联分量之配合，几与第四联同，句语对偶亦工合自然。乍观之，且似先得上联者，实则所以堪弔之主意，悉在下联；上联所云，究非重要也。

如此类者，普通楹联中，所在而有。其下联逊于上联者，则非善属联人之所为，自尤不足奇矣。

第二节　缀句之方法

初学作联语，以四字句、每联两句之八字联为最稳妥。因此种联语，取材不必过多，却极堂皇；又平仄声调中，只须留意句腰、句尾二者，其余皆可不问，而对偶亦较为容易。用意不宜过于密切，宜为极通套者。常人之意，以不能密切为劣，实际则通套语不易有弊病，密切语反不易妥帖。初学能切合固佳，不能切合，无宁宽泛为愈。例如：

得古人风，有为有守
惟仁者寿，大德大年

福禄欢喜，长生无极
仁爱笃厚，积善有征

甲子重新，如山如阜
春秋不老，大德大年

上三联中，除末联祝六十寿外，余皆可通用。此种不着边际之语，亦一无弊病。学者能参用典实固佳，不能参用典实，即寻常极浅近语亦可。

四字句之声调、典实等，既渐次熟习后，乃稍进而为五字句。五字句只须照四字句多加一字，上四字之平仄，一如四字句例；末一字则出联必仄，对联必平。初时宜由四字句扩充之，后乃径作五字句。例如：

愿献南山寿

先开北海樽

北海开樽满

南山献寿多

春光长不老

寿寓喜宏开

上三联苟去角出之字，即皆为四字句。又如：

蓬壶春不老

萱室日原长

鹤筹添屈指
兕酒介齐眉

松龄长岁月
鹤语寄春秋

上三联乃非由四字句扩充，而径作者。

此类句语熟缀以后，乃更展长二字，而为七字句。凡七字句之平仄，即照五字句之平仄，更转一韵。如原来偶词平者，更展一仄；原来偶词仄者，更展一平。兹就上联展之如下。

春风平原献仄南山寿
令旦仄先开平北海樽

南山献寿仄多平嘉什
北海开尊平满仄好春

三祝仄春光平长不老
九如平寿宇仄喜宏开

及七字句熟习之后，乃于其上加一四字句或五字句，即为长联。又久之而益能变化，便无施不可矣。其例如：

南极星辉，海屋添筹无量寿

北山莱颂，华堂举觥有馀欢

宝婺一星明，堂北萱荣重设帨

长春百年寿，池西桃熟佐称觞

　　联语长短，原无一定，惟普通用于哀挽及名胜处者多长，用于客堂书斋及庆贺者多短。而喜庆、哀挽等作，凡情谊亲厚者，词多长；较疏而客气者，词多短。盖联语一本于情，只须称情而出，情已而词即止，不必定以长联为贵也。

　　属联之先后，及学步之由短渐长，既如上述，但欲更进而求其美善，则犹有不可不知者二事，一曰炼字，二曰炼句。

　　何谓炼字？即一句之中，因一字一词之运用生新，或特别宣传奥义，从而使其语大增色彩，或有异常之神致者。盖句为各字之积，昌黎所谓"文从字顺各得职"，未有字不得其职而句能佳者，亦未字各得其职而句不佳者，刘勰所谓"篇之彪炳，章无疵也；章之明靡，句无玷也；句之菁英，字不妄也"。然则各字之于全句，正犹各句之于全文，凡有分子无一不良，斯全体无不良者。此属联之法，所由以炼句为最要，而炼句之法，又当以炼字为最要也。

　　昔欧阳永叔作《醉翁亭记》，中有"泉清酒香"之

语。旋为苏子瞻所见，讽诵玩味之余，请易为"泉香而
酒冽"，文果跌宕尽神，因从之。以理言，自然因泉清
而酒始益香，然以事势及文调言，不妨谓泉香而酒始冽
也。何则？泉水在山，未必不因野芳之熏染而有微香。
使酿酒之泉水不香，则酒虽有香，亦必甚微；惟因泉水
有香，故酿成以后，所发之芳香乃益清冽。而在文调
上，与上文"溪深而鱼肥"句，适成一扬一抑。此在文
字有如此，在诗词、联语则更甚。诗词本系叶调谐韵之
文，联语又自诗词变更而成，则其韵调自更有不可失
者。是故属联之法，要在锤意以合调，抒词而无懦。意
必托之于词，而藻耀始呈；词必发之于声，而神情
始足。

　　文之神理、气味，一人有一人之面目，一人有一人之
腔态。学之者，宜从声调证入诗词、联语，更专依声调以
显神情。虽声调有定程，而意气激昂者入之，弥见其激
昂；声情凄楚者入之，弥见其凄楚；神志矫强者入之，弥
见其矫强，丝毫不可掩也。而其最要关键，则在于用词与
炼字。用词如前所述，炼字则尤有关于尽神尽意之大端，
为学者所尤不容忽。今证明其一二如下。

　　昔人谓"吟安一个字，捻断数茎髭"，是故诗可吟而
不可作，联语亦大类此。昌黎尝谓"七字常语一字难"，
每有极佳之六字，欲凑合一字使成七言，吟咏久之而竟不
可得；亦有既得一句，欲改易中其中一字，使与原意更为

符合，而久之亦竟无由。此非深得其中甘苦，不能知也。

　　唐时张迴《寄远》诗有云："蝉鬓凋将尽，虬髭白也无。"齐已改为"虬髭黑在无"，此与原语同一意义，而情致则远胜多矣。盖忧其将白，而尚望其黑，与径问其白者，一则婉转含情，一则直率无味也。又宋王平甫有《题甘露寺》诗云："平地风烟飞白鸟，半空云木卷苍藤。"词意在写登高时俯临仰视之景，乍见之，已无弗惊其刻划之工，气概之阔大。然苏子瞻沉吟片晌，乃改"飞"字为"横"字，遂觉神情俱得，面目顿殊。

　　如此类者，诗中时或有之，联语中尤不一而足。尝见有贺纳妾联曰："续内史风流，欢爱高歌桃叶渡；得长公逸趣，殷勤劝学朝云书。"此联末句，意在劝朝云习字，而词句表面，一似劝人学朝云书者。此字词锻炼之不合宜也。有人易之曰："续内史风流，桃叶渡头自具楫；效长公逸趣，朝云窗下已簪花。"易"得"字为"效"字，大有双关之妙，因其人纳妾固效子瞻所为，而其妾之能作字，能效法其字，亦并浑涵其中。末用"簪花"二字，既誉其善作字，亦兼有贺其盛饰新妆之意，是所谓深人无浅语也。

　　又某尝为人题墓联曰："岩扉松径留馀慕，春露秋霜寄永思。"沉吟久之，觉上句语气太弱，思有以易之，忽猛然触得一机，遂改"留"字为"棲"字，不独语调大振，并其意致亦深入显出。盖墓也者，原系人子慕恋其亲之地，然未必能常驻，特偶来而有"徘慕"云耳。若用"留"字，则似常在者。惟用"棲"字，则若鸟之偶棲然，自有暂时之意。而"棲"字如此用法，使"徘慕"之虚意变为实物，亦觉异常动目。是所谓炼字生新法也。

录数联有炼字甚佳、可供玩味者如下：

名士头衔花第一
美人眉样月初三

老人星象辉南极
贤子旌旗镇上游

寿母千龄宜颂鲁
佳儿百战佐平淮

秉节仰专阃，衮带雍容，风度不殊羊叔子
悬弧纪令旦，旌旗飞舞，威名早迈马文渊

湘灵瑟、吕仙杯，坐揽云涛人宛在
子美时、希文笔，笑题雪壁我重来

汉节耀西遐，频年梦索风邱，壮志久推班定远
周诗哀小雅，异日策寻表饵，奇才弥忆贾长沙

武昌居天下上游，看郎君整顿乾坤，纵横扫荡
三千里
陶母是女中人杰，痛仙驭永辞江汉，感激悲歌
百万家

地仍虎踞龙蟠，洗涤江山，重开宾馆
人是沣兰沅芷，招邀贤俊，同话乡关

炼字之法，有工于对仗者，如"头衔"、"雪壁"是
也。有寓一种用意者，如"辉"以言光荣，"镇"以言威
重是也。有以用典浑涵见长者，如"颂鲁"、"平淮"、"西
谔"、"小雅"等是也。有以奥雅见长者，如"风邱"为
"依风首邱"，"表饵"为"三表五饵"是也。有以阔大沉
雄见长者，如"武昌"一联是也。有于沉雄中见潇洒者，
如"洗涤"、"招邀"诸类是也。

又对联中连着重叠字，欲其取偶工稳，极为不易。然
名家亦有以此制胜者。如：

相国垂声千载，配相国因之千载，真千载难逢，
神其奚憾
夫人来归卅年，封夫人亦及卅年，极卅年荣遇，
公可无伤

　　上为吴挚甫挽李文忠夫人联语，其间"相国"、"夫人"字各重二次，"千载"、"卅年"字各重四〔三〕次，而语气一笔生成，用意更极凝重，在联语中实不多见。盖此种炼字，最易入于纤巧而欠大方。惟昔纪晓岚有寿清高宗二联，堂皇典丽，所重字亦更多，余则不甚多见。盖此乃关于天才，非可强几也。

　　次言炼句。何谓炼句？因对联为两边相偶之语，虽彼此比照，而用意遣词，则尤宜各自独立，绝不容有一毫牵率之痕迹。只此一事，已属甚难，加以联语必运词用典，分量色彩又须彼此相称，于是其间剪裁、属对之各事，颇费斟酌矣。

　　大率联语属句之要，初时草创，恒浅近平庸；经数次推敲之后，渐臻稳妥。如能多作数联，则愈后作者，词致必愈超脱，对仗亦必愈工缋。以数次作之，取材既多，左宜右有，既不患裁对之窘，亦自见机括益熟。语云熟能生巧，然则巧由熟生。联语决非信手可成，其难在于属对运意之凑合自然，而其见巧亦即在是。初学不知此理，往往欲涉笔即成，于是出联勉强自然，对联乃非其所偶；或出、对两联俱致牵强；或先属对联而工，出联又非其匹。种种弊病，均由不知炼句之法为之。

　　然则炼句，当有如何之准的乎？句有挺峻与软弱之分，有自然与凑合之别，有句面不符乎实意，有用意不合乎取材。必欲典实适应乎用意，实意能显于句面，有句皆自然劲挺，无意不表露显明；去其芜词，无一字不当其责职，扬其藻彩，无一词不妙其功能。夫然后脉络贯输，神情充沛，而光辉发越也。语不举其弊，不知其劣；词不诠其职，不知其失。兹引次之各联，并略示应行矫正之点，以备初学炼句时隅反之用。

得双美璧成佳耦

第一仙人许状头（一）

名流喜得名门婿

才女欣逢才子家（一）

快婿喜乘龙，好合百年嘉耦配

昌期谐卜凤，祥开五世正卿占（三）

性嗜多藏书，嚼其精华，自得寿考

年方服官政，假以岁月，当至公卿（四）

花甲初週，夫妇齐眉鸠杖健

芳辰一醉，儿孙绕膝觥觎称（五）

是血是诗，呕盈锦绣囊中，李长吉生不快活

非仙非佛，占得芙蓉城主，石曼卿死亦风流（六）

先生不虚生矣，广厦宏开，桃李东南成荫

后死将无死所，漏舟难保，鼓鼙西北惊心（七）

百岁能预期，廿载后如今日健

群芳齐上寿，十年前已古来稀（八）

以上数联，宽泛言之，固已皆可应用。当此旧文学颓靡之时，得此固已至为不易。惟若以词家严格之眼光观之，各联似犹未能完全无疵。今为便利指导学者计，不得不过事吹毛，初非故好论人之短也。学者观其症结，更当恕其狂悖；即原著作人见之，亦请勿因绳尺太严，而聊以作他山之助，则幸甚矣。

第一联病在出联。盖作者先有下联，后有上联，因"第一仙人"之数词，联想及"双璧"二字可以成对，遂凑合成句。然所云"得双美璧"者，究系何人所得？"双璧"既系借喻词，则"得"之云者，必系其翁姑、父母而后可，旁人似不宜著此口气；抑于语调上，亦略嫌生硬而欠自然。何如直捷稍近俗套，言之曰"成双美璧真佳耦"之为愈乎？

　　第二联病在对联。此联苟粗视之，似亦未可言病。然细味之，所谓"欣逢"云者，亦只欣然逢到而已，非彻底于归之也，意似不甚透澈。且以"欣"字用于嫁时女子，亦不甚宜。今请易之曰："才女荣归才子家"。读者诸君，试以较原句觉其何如？

　　第三联病在出联之下句。句首既云"好合"矣，句末又云"配"，似太嫌复沓。且下联末一"占"字，作名词用，此"配"字似犹带动词面目，铢两似未能悉称也。今请以"耦配"二字乙转之，或易以"健"字，而将下联"占"字易以"荣"字，读者诸君以为何如？试为之略一推敲，或更有较优胜之字发见，未可知也。或谓原句实有所本，《左传》曰："嘉耦曰配，怨耦曰仇。""配"以对"仇"字，本作实字讲，今何故言其不妥？答之曰：上文如不用"好合"二字，此"嘉耦配"三字尚无大病；今既用"好合"二字矣，又于"嘉耦"下用一"配"字，一似以嘉偶相配者，其病在貌似复沓，非果实际复沓也。今易之为"佳配耦"，则此病可免，且语句较为顺流。因"配"字既可作实字用，"耦"字自更可作实字用。前文所谓锤意以合词，抒词而无懦，正指此等言也。若如原句，用典未免过拘；因用典之牵率，而语句未免失之过弱，且形式上有复沓之嫌，何如稍与变通之为愈也。

　　第四联病在首语及末二语。首语所以有病者，以与下联首句相形而见。下联首句云"年方服官政"，是"官政"

二字成一独立名词。然上联之"藏书"非独立名词也，"藏"字乃由"多"字一贯而下，且语调太硬，不如去一"多"字，下联"方"字改"当"字，去一"官"字，似较为简净。又末二语"假以岁月，当至公卿"，一似其人已逝世，从而惜之者，是贺之而反以弔之也。宜易为"久多学养，兼裕民生"，意若谓不独自寿，兼可寿国寿民，似较原语为胜多矣。

　　第五联病在"兕觥称"三字，亦用典太拘之故。《豳风》云"称彼兕觥"，称，举也，犹言举大杯也。顺言之则可，今倒言之，似乎不甚自然。虽诗家以叶韵关系，时有此一例，然联语则大可不必。宜易为"多"字，与上"绕膝"二字呼应，又与出联健字同为形容词，分量似更觉合宜。未识读者以为何如？

　　第六联病在"囊中"与"城主"，分量不甚相称；又"不快活"三字太生硬，且非事实。长吉自喜作诗，使不快活，则亦不作诗矣。今拟改"囊中"为"奚囊"，所谓"从小奚奴背古锦囊也"；改"不快活"为"原沦谪"，借用李谪仙事。长吉本有玉楼赴召之异，谓其生为谪仙，有何不可？惟如此一改，则上文"呕盈"二字，读去似不甚爽口。作联、作诗文，有一字变而全句须更者，如此类乃其好例也。今更宜改"呕盈"二字为"贮将"二字，兹重列如下：

　　是血是诗，贮将锦绣冥囊，李长吉生原沦谪

　　是仙非佛，占得芙蓉城主，石曼卿死亦风流

　　第七联病皆在末句。实无甚大病，不过读去语气似太
短促，不能圆转舒畅。宜易末句为七字，重列如下：

　　先生不虚生矣，广厦宏开，桃李东南悉成荫

　　后死将无死所，漏舟难保，鼓鼙西北又惊心

如此则不独宛转而词畅，且哀情亦复表现甚透，不如原句
之生截硬断，太无馀味也。读者试以相较，当自知之。

　　第八联病在出联首句，非意义之不显，乃落调之不与
下联相称。下联首句，腰间"齐"字平声，下二字皆仄，
今上联首句，腰间之"能"字亦平声，下二字则一仄一
平。自词家严格论之，必谓为不和协。今只将"能预"二
字乙转，易为"百岁预能期"，意义一毫未变，而词调则
谐洽多矣。试重列之：

　　百岁预能期，廿载后如今日健

　　群仙齐上寿，十年前已古来稀

　　凡此皆炼句之大要，非细心体味，不能知其症结所
在；非随口吟咏，不能觉其音调之讹。学者于始属草时，

宜不顾一切，放胆写出。放胆则气盛而词畅。及既写出以后，虽极得意之作，亦不可遽以为无病，必徐加体味玩诵，一再而三。当有语疵发见，于是一次、两次修改之。且在当日当时未必能发见，必隔一日或二日再加以覆勘，然后恍然觉其大病，斯时即修改之亦较易。甚有隔至二日、三日或半月、数年以后，然后见其大病者。前人于诗文词，所以不轻易付印，即以此也。每有一人之集，前刻与后刻互歧者。苏东坡曾有诗云："桑畴雨过罗纨腻，麦陇风来饼饵香。"后来又有一刻，乃作"春畴雨过罗纨腻，夏陇风来饼饵香"，意盖欲暗藏"桑、麦"二字。此殆据其晚年修改之本而刻之。名家文集，往往有此类者。亦可见炼句、炼字之不易矣。

　　缀句之法，有宜简而或详，详则反为不美，如上第四联是也；有宜详而或简，简则反觉乏味，如上第七联是也。有似美而实病，如第二联之为嫁女言"欣"；有用典而实非，如三、五联之用《豳风》、《左传》。勉强之迹宜除，则第六联其一例；过于生硬之调非是，则第七联其一斑。谐洽只在乙转之间，而或未能觉察；循俗反成出辞之健，而或未能因沿。是类尚多，不能枚举。特聊明其一二，示学者语病之有由，为略陈夫楷模，导青年笔削之所自，敢辞僭慢之咎，藉表切磋之意云尔。

第五章　联语贴切法

第一节　事实贴切

　　前言联语不妨通套，是为初学免除语病说法。若欲更进而求其佳，则一人与其对方，必各有特殊之情谊，而其对方之情事，亦必各有异点之可称，必能举其特殊异点言之，方不致笼通浮泛。如庆祝类之对于其行事、年龄，哀挽类之对于其亲属、戚串关系，名胜题联之对于其已往事迹及当前风景，随在均自有不同，使概用通套语，未免太无价值，抑亦非情之所可已矣。略举数联，释其用故事贴切之法如下。

　　　　桃献池西，候逢浴佛
　　　　萱荣堂北，荫庇馆甥　(一)

　　　　日永璇闺，鹤筹纪算
　　　　风薰兰阁，虎帐开筵　(二)

达材成德幸相期,坐小子风中一月

耳顺从心无止境,祝先生杖履千春 (三)

福算晋八旬,多子多孙,齐捧出王母碧桃、麻姑仙草

寿筵刚二月,难兄难弟,正开到尚书红杏、宰相梅花 (四)

天道何知,不许阿㜷留李贺

神仙安在,翻教老泪哭羊昙 (五)

一死重如山,素耽班氏诫言,制行同符列女传

万善无过孝,凄绝曹娥碑字,从今怕读外孙词 (六)

占全湖绿水芙蕖,胜国君臣棋一局

看终古雕梁玳瑁,卢家庭院燕双楼 (七)

心远地天宽,把酒凭栏,听玉笛梅花此时落否

我辞江汉去,推窗寄慨,问仙人黄鹤何日归来 (八)

第一联乃祝岳母寿者,时当四月八日,故出联下句用浴佛节切时,对联下句用馆甥事切己。孟子云:"舜尚见帝,帝馆甥于贰室。"朱注谓:"我舅者,吾谓之甥。尧以

女妻舜，故谓之甥。贰室，犹副宫。尧舍舜于副宫也。"盖如俗称迳用岳母、丈母，均嫌不典，于是转而就己之地位言，自见所祝乃其岳母。此运典迁就法也。

第二联祝军界妻寿，故用"璇闺、虎帐"等词。沈佺期"璇闺窈窕秋夜长"，系指闺中高贵妇女。"虎帐"则用《南史》梁王编虎皮为大幄，集宴群僚故事，系指武职。此乃按事直切，毋庸由他方面侧见者。

第三联系学生祝其师六十寿。上、下联首二语，以《孟子》对《论语》，上切受业，下切年龄，末二语皆就师弟情分言。昔宋光庭见程明道先生于汝州，归语人曰："在春风中坐了一月"；又苏东坡赠刁景纯诗"年抛造物陶甄外，春在先生杖履中"，用来不独事实恰合，亦觉分量悉称。此用相类事而融洽无迹者也。故事贴切法，当以此联为最正式。

第四联为祝李文忠母八秩。上联由其子孙众多着笔，孙称祖母，亦曰"王母"，故以西王母蟠桃会事颂其献寿；至子媳对于姑，则以麻姑自行厨中出仙花果事，言其欢宴。下联以其时李鸿章已拜相，兄李瀚章亦晋秩尚书，于是以红杏尚书及盐梅调羹故事两举之。此活用故事，敷佐尽致，而有余韵者也。

第五联为挽甥联语。甥有文才而早夭，故用李贺修文事。又晋羊昙过西州门，痛哭其舅谢安，此乃反用之事，实虽固定，而运用则自可活泛，如此类是也。

　　第六联系挽甥女。女盖知书通文墨，有妇行，故以班昭《女诫》及刘向《列女传》合言之。而甥女则无可贴切，乃取蔡邕书曹娥碑后隐语（"黄绢幼妇，外孙齑臼"）与曹娥碑合用之，女盖有孝行者。学者必解得如此隶事，方无窒步。

　　第七联系俞荫甫先生题莫愁湖语。相传明太祖就湖边与中山王徐达弈，局竟而输，即以莫愁湖赐之，而湖又由南朝卢莫愁得名。沈佺期乐府，有"卢家少妇郁金堂，海燕双栖玳瑁梁"之句，因即眼前之荷花与燕而致深慨。观其出笔轻灵自然，对偶绝不牵强，而馀味曲包，洵能用故事而不为故事囿者。

　　第八联系彭雪琴题黄鹤楼联。此楼故事，有崔颢"昔人已乘黄鹤去，此地空馀黄鹤楼"一诗，又有李白"黄鹤楼中吹玉笛，江城五月落梅花"之句。因从饮酒及临行，分别为疑问之词，而高情逸韵，自然迥超凡近。语中改"昔人"为"仙人"，取与"玉笛"成对。此种运典极自然，虽同一事实，却不同人云亦云也。

　　大抵故事之贴切，有与本事适应之事实，自最相宜。如无适应之事实，必借相类者宛转曲成之，如上之羊昙、曹娥，即其好例。而敷佐生情，如第四联尤为难能，盖此联乃取绝不相关之事，点染成之，却又极为切合也。

第二节　人名贴切

凡其人事实多者，往往非一二语可以包举；又或欲尊敬其人，以与古人比并，于是不得不直举古人姓名以媲美之。自此法既兴，语益浑成大方，耐人寻味。间有不可显言者，亦得借以包孕。其法原于诗家，杜甫《与李剑州》诗曰："但见文翁能化俗，焉知李广未封侯。"李白《题东溪公幽居》诗曰："宅近青山同谢朓，门垂碧柳似陶潜。"即汉魏齐梁古诗，亦多见之，如"身惭睢阳老，名忝梁园客"等。盖起于风人之比兴，由来甚远。风人借物以起兴，即事以为比。事既可比，人与人自更可相附。特其裁对工而用意深切者，以唐人诗为嚆矢。联语中应用，则大盛于清代，虽近今犹尚风行。此学者所不可不知。今特标举其尤，为释解如下。

羊祜惠犹留岘首
马援功未竟壶头 (一)

刚峰原不随流俗
孝肃何须有后人 (二)

使君政比龚渤海
有子才如班孟坚 (三)

鄯善昔输诚，异域争传文潞国

李严今绝望，后人谁是武乡侯（四）

文中子之门出将相

郭令公所至如天人（五）

孤军断外援，差同许远城中事

万马迎忠骨，新自岳王坟畔来（六）

七月诞生，郭汾阳曾见织女

九州作督，陶长沙亦为部民（七）

大勇却慈祥，论古略同曹武惠

至诚相许与，有章曾荐郭汾阳（八）

万国争传相司马

大年吾见老犹龙（九）

湘妃白眼随愁长，有德配远道相从，一曲鸾飞，不得见夫婿声音笑貌

谢朓青山带病看，叹使君到官遽逝，千年鹤返，应眷恋宣州城郭人民（十）

代公愾武库之才，岘首哀思，片石人怀羊太傅
报国示据鞍可用，壶头瘴厉，明珠天鉴马将军（十一）

一麾西守，历榷局十年，我是向生，旧游感怆山
阳笛
四霙东远，值大江八月，君真枚叔，归魂饱看广
陵涛

第一联系赵翼挽毕秋帆制军之语。秋帆终于湖广总督
任，以羊祜、马援事当之，不独事实恰合，且其属对之
工，亦一时无两。逮后张香涛挽其前任语（即十一联），
即全从此联脱化，可见此联之价值矣。

第二联为纪晓岚挽岳小瀛语。岳官刑曹而性刚直，不
避权贵，故用海瑞及包拯二人事弔唁之。海不畏死，包乃
无后，与岳小瀛生平至为适合也。

第三联为程春海寿龚丽正语。丽正字闇斋，即龚定庵
先生之父，嘉庆进士，以郎中出为县令，有贤声，而定庵
精史汉学，文尤瑰丽，故联语以龚遂、班固方之。

第四联乃吴可读代闵协戎挽沈郎亭节帅语。郎亭有功
西北边疆，闵初受其提拔，后以事见黜，故以文彦博威望
四夷及诸葛亮斥李严官职事仿之。李严当时主督运事，以
粮不继，呼亮还，及退军，乃又言粮丰足，何以便归，亮
乃废之为平民。闵主戎事亦有误，故用以为言，然表现乃

令人不觉,此用李严自况之妙处也。

第五联似系某寿曾湘乡语。湘乡一生,实得力于罗致贤才,能用人而各尽其长,卒以此戡定大难,致晚清于中兴之局。与王通多贤弟子,郭子仪佐唐肃宗极相类。

第六联为曾湘乡挽罗壮节语。罗宿松人,名遵殿,字有光,号澹邨,官至浙江巡抚。洪杨由皖寇浙,援绝城陷,自经而死。时浙江设有浙闽总督,故以许远仿之。而下联则就其表之归,引及浙西湖旁之岳坟,以表其忠,用来不着边际,颇有分寸。

第七联亦曾湘乡作,以寿李小泉中丞者。小泉即筱荃,李鸿章兄,曾任湖南巡抚,以七月初八日生,故以郭子仪拜天孙拟之;又湖南系曾公乡里,而曾公时督两江,故以陶侃自况。于推崇中却不自失身份,可谓恰如地位。

第八联为曾湘乡挽塔齐布语。塔为曾公所荐擢,官至湖北提督,行军骁勇身先,与士卒同甘苦,故以李白之识拔郭子仪,与曹彬之不妄戮士卒相比,分量可谓恰当。语句之矫强精卓,犹其余事。

第九联系张香涛寿李合肥语。李之威望为外人所服,故以"中国相司马"语况之。司马者,即宋司马光,为辽人所严惮者也。下联则贴切其姓,李耳为周柱下史,孔子往见,叹曰:"老子其犹龙乎!"此即以"犹龙"二字作老子用,虽非人名,亦犹人名耳;而与"司马相"对,既工稳,又大方,可见其琢词之妙。

第十联乃曾公挽某县令语。某赴宣城任，到官未久即逝，故以谢朓为况；而其室人相随抵任，室盖贵族女，故以湘妃为喻。又此联首二句疑系成语，殆偶然触及，用以作引，下乃伸言之者，在联语中亦特呈奇致也。

第十一联前已言之，然首句实更有所本。同光间有直隶提督李汉春军门殁于任，其姜仰药以殉，后任叶曙清军门挽之云：

> 素车白马，来赴军容，只今营垒循行，代将名高惭武库
>
> 红粉丹心，并辉天语，即此云霄俄顷，羡公奇福过徐州

此联传诵一时。"武库"者，晋杜预代羊祜为荆州都督，用兵制胜，卒以平吴，时称"杜武库"。"徐州"者，唐徐州刺史张建封之子愔，与其姜关盼盼事。愔死，盼盼久不能殉，白乐天以诗嘲之，盼盼曰："恐玷公清名耳。"未几，卒赋诗以殉。两典虽非人名，而亦借指人名也。香涛用此上联末句，运以耘菘旧联，中间对仗之工稳，造句之隽雅，大有出蓝之美。下联云云，殆其前任某亦以忧谗致死，"明珠薏苡"，接以"天鉴"二字，含蓄不露，且为朝廷转圜地步，可谓蕴藉得体。

第十二联为裴可桴先生挽其友孙某任淮北盐卡职务

者。以向秀自况，兼切其地；以枚乘况彼，兼切其时。用典如此配合，诚所谓斟酌尽善、一无遗憾；而其词句之爽朗，音调之激楚，又与情谊适称，洵佳构也。

凡用人名贴切，贵在比附得当，使比附不恰合，则反为不美。故此类贴切法，实际仍在事实上，必其事实仿佛，乃可引用；若事实并不相类，只以贪用人名，谬相称引，仍无当也。

又用人名之法，有同姓相类可举者，尤为适合。如张之万寿李合肥云："景武勋名，临淮纪律；郏侯相业，柱史仙龄。"又吴瑽挽张南皮云："相业迈曲江、江陵而上，学术在新安、安定之间。"（下联用朱熹、胡瑗）前联用李靖赞其武功，用李光弼誉其军纪；又用李泌称其辅佐之贤，用李耳祝其年寿之永。后联则用张九龄、张居正两人为况，而地名巧与下联相合，可谓天造地设。是皆用同姓人名之卓卓者也。

尚有分用数人，各贴一事，合而成联者。如"李狂鲁愤屈牢骚，同争千古；江恨张愁贾涕泪，尽付东流。""相如善病，曼倩工愁，读北海论盛孝章书，早虑斯人无永岁；伟长擅名，公幹振藻，观子建述丁敬礼语，谁为逝者定遗文。"前联系陆申甫长子蹈海死，周某挽之；后联为华若溪先生挽其文友侯翔千君，两联几全以人名缀成，亦颇出奇。

第三节　时令地点贴切

除上二法外，尚有时令及地点贴切之者。时令则用各时节之故事，并年岁等亦属此类。地点如用郡名、地望、山川之类。此二者亦颇足增联语中之色彩。今分举于下。

榴花彩绚朱明节

蒲叶香浮绿醑樽　(一)

名花艳映同心缕

美酒春留婪尾杯　(二)

京兆画眉传彩笔

寿阳点额试梅花　(三)

郎抱蟾宫同照影

良缘鸿案永齐眉　(四)

岭上梅花报春信

阶前萱草护慈龄　(五)

贤淑七旬人，经几度七二风光，现出麻姑仙草

导引三摩地，应独有三千岁月，结成王母蟠桃 (六)

距花朝五日，开萱寿八旬，吴下刚翻新菊部

酌春酒三杯，披仙衣一品，怀中行抱小兰孙 (七)

（一）为端午通用联；（二）为三月结婚联；（三）为十月结婚联；（四）为八月双寿；（五）为十月女寿；（六）为七十岁女寿；（七）为二月初七日女寿。典皆浅显，不详释。

逾弱冠又廿龄，经明行修，到处争迎太邱长

距上元刚半月，风和日丽，及时共祝画堂春 (一)

和气迎人，忆频番室入芝兰，许作嘉宾陪座右

热心兴学，看到处荫成桃李，长留遗泽满云间 (二)

江东虎子，卜凤其昌，耄饮春浓婪尾酒

海上雕梁，求凰徯韵，箫声暖谱丽情歌 (三)

女界颍川多嫕行，鹿洲乐斋，载笔以来，在晚近罕闻继起

明季越东盛气节，蕺山苍水，流风所被，于巾帼又见斯人 (四)

富春江万古青山，阡表长留慈训，能成贤宰相

听雨堂九年绛帐，食单亲检旧恩，最感老门生 (五)

（一）系陈姓四十诞辰联；（二）系挽教馆老友，松江人；（三）系贺孙姓子在上海结婚；（四）系挽浙东陈姓节妇；（五）系挽浙右董姓师母。

大凡时令，于正月内，则有元旦、穀日、人日、试灯节、元宵等；二月则有花朝；三月有上巳；四月有浴佛节（初八日）、浣花节（十九日）；五月有端午（一名中天节）；六月恒以暑热为言；七月则有七巧；八月有中秋；九月有重阳；十月每以小春为言；十一月多言冬至；十二月则云腊尾。又每以各时之花木表之，如二月之杏，三月之桃柳，五月之榴，八月之桂，九月之菊，冬季春初之梅。皆属对时可以借用者。

地点有直揭所居县邑名者，必系异乡人对待之词。余则多以郡望暗切其姓，如吴为延陵，李为陇西，杜为京兆，林为南安，侯为上谷，胡为安定之类。此因欲表敬意，不便直举其姓，而又无相当之先哲可代指（此类恒以妇女为多），于是不得不以郡望称之。例如侯姓妇女著贞操，则云"上谷播芳徽"；李姓妇女有美行，则云"陇西标劲节"。盖不仅为饰文之具，亦藉以避免直率而致推崇

也。又有依其先祖著名人物之住地，以为标异者。如杨姓每因杨震有"关西夫子"之目，辄以关西代指；陆姓每因陆鲁望隐居甫里，即以"甫里"为言。甚有据其先祖之事实称者，如冯姓则曰"大树"，以冯异号"大树将军"也；郭姓则曰"汾阳"，以郭子仪封汾阳王也。如此类者，变化特多，要皆替代称谓之一种，亦即贴切法之一例。惟视应用之如何，而异其采择耳。

　　此外尚有以山川代称者，如籍隶会稽，则指言"稽山镜水"；籍隶湘中，则指言"湘水衡山"。借一地著名之山水，即以表其人之德望、勋业等等。兹更略举数则。

　　　　衡岳云兴，大泽及天下
　　　　上台星陨，遗爱遍江南 (一)

　　　　五岳同尊，惟嵩曰峻极
　　　　百年上寿，如日之方中 (二)

　　　　菊花潭里人同寿
　　　　扬子江头海不波 (三)

　　　　淝水东流，战士能言谢开府
　　　　朝廷北伐，知兵谁继李营州 (四)

第一联系挽曾湘乡者，故以"衡岳兴云"为喻；第二联祝袁项城，故以"嵩高峻极"为言。第三联系阮芸台寿但云湖都转，但于英人寇京江时，抚循扬州士庶，颇负时望，故以菊花潭、扬子江拟之。第四联系周彦升挽李季苍者，李合肥人，故以"淝水东流"为况。此等用法，与寻常不同，其所用山水，皆负有表见其人之性质，而亦即其人所居之地；与耆寿之泛称潞国、汾阳，经师之泛称高密、扶风，大不侔也。

有借地名以称人者，意亦以尊敬其人，如韩昌黎、柳柳州、曾南丰、王临川之类。若谓其地无馀子足称，惟此人为其杰出而足以代表，是则又用地名之变例也。联语中亦有循此例以成奇者，如：

　　当代经师郑东海、马扶风，抗前贤为伍
　　此间旅殡荀兰陵、苏玉局，得夫子而三

　　吾楚多武功，新宁伟节，罗山邃学，益阳雄略，
湘阴、衡阳皆卓荦勋名，相度能容群彦集
　　国朝六文正，睢州巨儒，诸诚名相，大兴贤傅，
歙县、滨州皆承平宰辅，公时独较昔人难。

上二联俱以地名代人名。首联为卢抱经学士卒于常州龙城书院，常人挽之。"东海"指郑玄康成，高密人，于

汉属东海郡；"扶风"指马融季长，系马援之族裔。"兰陵"，荀卿也，仕楚为兰陵令，即今常州是；"玉局"者，苏子瞻晚年提举玉局观，观在今四川成都县南，亦地名也。次联系挽曾湘乡，"新宁"指刘长佑，"罗山"指罗泽南，"益阳"指胡林翼，"湘阴、衡阳"则左宗棠、彭玉麟也；"睢州"以言汤斌，"诸城"以言刘统勋，"大兴"以言朱珪，"歙县、滨洲"则为曹振镛、杜受田。此两联全以地名称人，且裁对工稳，一无参差。他联间有用者，只一二人而止，从无连及四五人以上，如此二联之杰出也。

并有泛用地名以指一事者。如"北海"则以孔融有"樽中酒不空"语，恒以代指饮酒事；"南阳"为诸葛亮隐居处，恒以惜名士之伏处者。"城北"则指徐姓之美貌人，以《国策》有城北徐公也；"南郭"则为自谦无能之词，以《韩非子》有南郭处士滥竽充数也。"东山"每以作渴望出仕之语，以晋谢安隐东山，高崧有"安石不出，如苍生何"之言；"彭泽"每为辞官不仕之语，以陶潜自彭泽令退隐也。

（附其他杂例）　他若用官职称人，如"柱史"以言老聃，"兰台"以指班固，或以泛称一切史官，及一切有关青史之事。"京兆"或专言张敞，"水部"则独归何逊。"司农"几为郑众之名，"吏部"时若韩愈之号。杜甫则以"工部"著，贾谊或以"太傅"称。循例相沿，几于难革。

更有用史传篇名以概人者,《循吏》《儒林》,乃"学优而仕"之谓;《货殖》《游侠》,又"商贾能义"之誉。推之星名可以标人望,杰构亦以著贤能,少微乃处士之美名,骑箕又将军之唁说;三台为宰臣之别谥,荧惑指寇盗之相惊;宝婺以祝妇高年,南极以颂人寿考。"灵光有殿",为耆宿之别称;"百尺无楼",只英贤之豪气。玉楼宣召,广寒可归。无非借喻以抒词,冀欲别开夫生面而已。

第六章 联语格调法

第一节 诗词格调

联语本由诗词转变，自当以诗词格调为正宗，但其间又可分诗调、词调两种。"诗调"云者，联中有纯粹之五言、七言句语，或间以四言，而其调全叶乎律诗或古诗歌者是也。"词调"云者，联语中有长短句，不尽依律诗平仄，而词面音调多与词、曲相近者是也。苟熟于歌诗填词者，一览自然即易区别，今分举如下。

> 湖外故人稀，万里遥情春草绿
> 荆南良吏在，廿年遗爱岘山青

> 养志早抽簪，廿载山林传旧学
> 感时同起舞，频年筇鼓入新诗

> 炜管擅清词，红药阶前，曾伴郎君吟彩笔
> 绳床惊噩梦，绿莎厅上，忍教司马湿青衫

歌咏满三吴，喜玉节金符，新自屏藩晋开府
唱酬同一集，愿冰桃雪藕，长从盛夏祝延龄

千载此楼，芳草晴川，曾见仙人骑鹤去
卅年作客，黄沙远塞，又吟乡思落梅中

师事近三十年，薪尽火传，筑室忝为门生长
威名震九万里，内安外攘，旷世难逢天下才

力争武汉上游，运会佐中兴，宋相边关姚相守
奠定东南半壁，馨香隆美报，羊公碑石杜公祠

封万户侯何足荣身，公若与汉天子比肩，李广欢
颜亚夫笑
挽百石弓犹能识字，我曾见故将军遗笔，岳王风
骨鲁公神

冯唐易老，雍齿且侯，三字故将军，匹马短衣春
射虎
左拥宜人，右弄孺子，孤山林处士，芦簾纸阁夜
谈龙

——以上诗调。

万绿今已矣，新诗数卷，浊酒一壶，畴昔绝妙景
光，只赢得青枫落月

孤愤竟何如，百世贻谋，千秋伟业，平生未了心
事，都付与流水东风

山川无恙，叹前辈风流何处，见冷烟衰草，古道
斜阳，尽悲凉人物，只剩寒鸦

台阁重新，问苍穹英雄谁是，有补天巨手，迥日
珊戈，待整顿乾坤，再来杯酒

那堪吟白傅诗，琵琶人去，枫荻秋深，叹几番迁
谪飘流，相逢处，且休提故国繁华、他乡沦落

此便是邯郸道，午梦初醒，黄粱久熟，漫诩说功
名富贵，回头看，都付与微茫烟水、漂渺江波

玉珂朱组记年时，东晋图书，南山杞菊，象笔带
香题，仗酒祓清愁，花销英气

翠管瑶尊吟未了，写经窗静，觅句堂深，冰盘共
燕喜，正十分皓月，一半春光

常如作客，何问康宁，但使囊有馀钱，瓮有馀酿，
釜有馀粮，取数叶赏心旧纸，放浪吟哦，兴要阔，
皮要顽，五官灵动胜千官，过到六旬犹少

定欲成仙，空生烦恼，只令耳无俗声，眼无俗物，
胸无俗事，将几枝随意新花，纵横穿插，睡得迟，
起得早，一日清闲似两日，算来百岁已多

——以上词调。

第二节 文章格调

联语以文章格调行之者，实始于晚近，湘乡曾公创为之，桐城吴挚甫先生步其后尘。近今则南通张季直先生时有文字面目，虽其词句仍用诗格，而面目则文字也。此等联语，颇不易工，非运之以豪气，纬之以才思，又佐之以灵巧之笔，殆无能有佳作。其间又可分古雅文、通常文两格。古雅文，则词句较高古奥雅者是也；通常文，则词句较普通浅近者是也。列举如下。

著书成二十万言，才未尽也
得谤遍九州四海，名亦随之

得见夫子为文学侍从之臣，虽死何憾
但闻人言于父母昆弟无间，其贤可知

伟人事业无恒蹊，任侠而作循良，权算而平祸乱
晚岁林泉有至乐，真率以娱耆旧，经纶以付儿孙

豫章平寇，桑梓保民，莫讶书生立功，皆从廿年
辛苦立德立言而出

翠竹泪斑，苍梧魂返，休疑命妇死烈，亦犹万古
臣子死忠死孝之常 _(曾联)

与先大夫当时行辈相随，经明行修，有如公者盖
亦鲜

近三数年诸老风流顿尽，后生小子，何所惮而不
为非

置身在物外烟霞，下走南北海浪遊，避我公三舍

有子为禁中颇牧，方志二百年故事，止此老一人

从师得千载一见之人，直取旃麾作衣钵

有弟是五洲百杰之选，早将家世服单于

太行左转，山川清淑之气钟焉，其族世所谓甲乙

明德代兴，祖宗诗书之教远矣，乃今大发为文章

（吴联）

曹好恶若飘风浮云，江渚随行，尝举所闻所传闻
相戒

公进退皆清天白日，湖山终老，曾何有幸有不幸足云

早岁筮明夷，而功名终箕子之封，若有命者
生平慨班史，以纪述讼陈汤所憾，是可哀欤

惟公当先帝亲政之初，讽诵进箴规，忧盛危明，不减范祖禹讲尚书六语
宠我以茂才异等之誉，单寒长声价，感恩知己，期如张文昌报韩愈千秋 (张联)

——以上古雅文格调。

论友谊在师友之间，兼亲与长；论事功在宋唐以上，兼德与言，朝野同悲惟我最
考初出以夺情为疑，实赞其行；考战绩以水师为著，实发其议，艰难未预负公多

论才则弟胜兄，论德则兄胜弟，此语吾敢承哉。召我我不赴，哭公公不闻，生死暌违一知己
世治正神为人，世乱正人为神，斯言公自道耳。功昭昭如民，心耿耿在国，古今期许此纯臣

此在淮军诸将中，最为全福
能识通州之怪者，亦岂庸人

我之今日，亦何恨能加，惟有牵连并哭耳
公在人间，更无缘遭妒，奚为委屈以死乎

昔哭母在故乡，今哭母在他方，生不知何孽而重
罹斯酷，握手临歧，送尔天涯扶病去
君归葬已有时，吾归葬未有期，子无贤不肖皆当
爱其亲，买山负土，望渠海上寄书来

贱子无似，德少而辞多，只与郎君同学同志，得
母之矜怜。已矣平生，弗俟遭丧犹下泪
大兄有言，亲亡则身老，莫知人间何世何年，于
我乎萧瑟。哀哉此语，孰能处变不伤心

生无补乎时，死无关乎数，辛辛苦苦，著二百五
十馀卷书，流播四方，是亦足矣
仰不愧于天，俯不怍于人，浩浩荡荡，数半生三
十多年事，放怀一笑，吾其归欤

奴别良人去矣，大丈夫何患无妻，愿他年重订婚
姻，莫向生妻谈死妇

儿依严父艰哉，小孩子终当有母，倘异日得蒙抚
养，须知继母即亲娘

——以上通常文格调。

第三节　俗语格调

对联有以俗语为之者，如丧所亲，情不自禁，无暇求
工，不妨信口出之。若犹作极工之词，涉乐哀之嫌，转不
免为识者所笑。又野庙荒祠，无关大雅，或故欲以警普通
一般愚夫愚妇，于是词不厌其俗，句不求其工。故俗语之
联，亦自有其特别用处，非可一概抹煞。惟有时语调仍须
讲求，平仄亦仍不失。不过此种联语，不甚用之于喜庆等
事，以其不甚庄重，且非所以致敬也。兹略列数联如下。

今夜这等清闲，恍在广寒宫里
此地无边皓洁，疑来白玉壶中

物力艰难，要知吃饭穿衣，谈何容易
光阴迅速，即使读书行善，能有几多

为人莫想欢娱，欢娱即生烦恼
处世休辞劳苦，劳苦乃得康宁

从来几百年人家，无非积善
处世第一等好事，只是读书

放开眼孔，看晓日才上，夜月正圆，山雨欲来，
溪云初起
洗净耳根，听林鸟争啼，寺钟答响，渔歌唱晚，
牧笛吹归

百年一刹那，把等闲富贵功名，付之云散
再来成隔世，似这样夫妻儿女，切莫雷同

既死莫伤心，好料理身后事宜，莫弄得七颠八倒
再来还是我，且撇下生前眷属，重去寻三党六亲

善恶不爽锱珠，尔欲欺心神未许
吉凶岂饶分寸，汝能昧己我难瞒

且住为佳，到此何妨小坐
浮生若梦，劝君不必多忙

若不回头，谁替你救苦救难
如能转念，无须我大慈大悲

风风雨雨，暮暮朝朝，可怜他去去来来，个个忙忙碌碌

我我卿卿，夫夫妇妇，但愿是平平稳稳，年年喜喜欢欢

附模范联语

喜庆类

寿世声名，一代斗山韩吏部
等身著作，六经渊海郑司农

［注］上沈幼丹寿林香溪先生七秩语。林深于经学，著作甚多，故以韩愈、郑玄为况。韩官终吏部侍郎，郑曾征拜大司农。"斗山"者，韩愈以六经之文为倡，人仰之如泰山北斗，见《唐书》本传。"渊海"者，喻其深广也，《抱朴子》："五经为道义之渊海。"

［评］寻常寿语，一扫而空。专从其著述着笔，落想既高，词句亦超脱。学者须知寿语每陈陈相因，七十必曰"古稀"，祝大年必曰"期颐、遐龄"，种种俗套，最易取厌。苟能高视阔步，作人所不道语，而又实能按合其人之身份，斯乃至为可贵也。

七月诞生郭汾阳，曾见织女
九州作督陶长沙，亦为部民

[注] 上曾涤生寿李筱荃中丞五秩语。李以七月初八日生，故有上联。《感遇集》云："郭子仪至银州，七月七夕，忽见空中軿车绣幄，一美女自天而下。子仪拜祝，愿赐长寿富贵。女曰：'大富贵，亦寿考。'后果贵盛，寿至九十馀。"又曾籍湖南湘乡而督两江，故有下联。晋陶侃封长沙郡公，都督荆襄八州诸军事。惟湖南在清代分府九，故云"九州作督"。"中丞"系巡抚别称，巡抚亦当于晋之都督也。

[评] 此联之妙，在按切其地位、生日，又能不失自己身份。盖以曾公地位论，实出其上，颇难着笔。惟以陶侃一衬，既极颂扬，亦兼为自己留地步。至其语之十分含有喜庆意，而又落落大方，亦联语中不多觏也。

　　环瀛海大九州，信中国异人，何待子瞻说威德
　　登泰山小天下，藉通家上谒，方令文举足生平

[注] 上范肯堂寿李合肥语。汉驺衍有"大九州"之说；苏子瞻作司马温公神道碑，有"中国相司马"之语；"登泰山"句见《孟子》；又汉孔融十岁造李膺门曰："我是李君之通家子弟"，言孔子曾问礼于老聃也，此则暗用范滂与李膺事。

[评] 凡联语，须各当于作者与其对方之情谊。此联

不作泛常称颂语，上联撇开一切，却以子瞻自况，极占身份；下联就己与李公之关系说，暗切其姓，又以孔融自居，而实暗用范滂事。昔人称诗文须有自己在，此联庶几近之。

福算晋八旬，多子多孙，齐捧出王母碧桃、麻姑仙草

寿筵刚二月，难兄难弟，正开到尚书红杏、宰相梅花

〔注〕上李篁仙寿李文忠太夫人八秩语。时文忠以大学士督直，其兄筱荃晋尚书衔督鄂。"碧桃"者，相传王母种桃，三千年一开花，三千年一结实，见《汉武故事》；"仙草"者，麻姑降蔡经家，自行厨出花果诸物，皆芳馥异常，见《神仙传》。"难兄难弟"者，言兄弟皆美也，陈仲弓曰："元方难为兄，季方难为弟"，见《世说》。"红杏"云者，宋子京词，有"红杏枝头春意闹"之句，遂名"红杏尚书"，见词话；"梅花"云者，《书经》："若作和羹，尔惟盐梅。"古以梅浆和味，故以梅花属之宰相。

〔评〕寿联颂扬，每易失之过甚，而诸名位绝高者，称颂尤不遗馀力，按之事实，却未必尽然。惟此联出笔轻灵，恰如其分，顾又妍妙而不俗，华贵而不奥。此惟用笔得当，乃可庶几。所谓"笔所未到气已吞"，颂意皆置于

言外，视直说实言者，不啻有天渊之别。

爱敬永如宾，莫把新婚移孺慕

治平欣有道，好将正始验齐家

[注] 晋冀缺耨，其妻馌之，相敬如宾，见《左传》；《孟子》："人少则慕父母，知好色则慕少艾。""慕"谓如孩子之依恋父母也，《礼记》："有子与子游立，见孺子慕者。""治平"，谓治国平天下也，见《大学》。"正始"者，《诗经》注："《关雎》，风之始也，所以风天下而正夫妇也。""齐家"，即《大学》所谓"欲齐其家者，先修其身"。

[评] 贺婚事联语，多务绮丽，鲜有作规勉语者。惟此联能为人所不欲言，而又极当于事理，可作新婚之格言读。

诵南国风诗，君子得淑女为配

仿东坡故事，同安继崇德来归

[注] 上为曲园老人贺钱鸣伯继娶语。《诗经·关雎》篇："窈窕淑女，君子好逑。"又苏子瞻年十九，娶眉州青神王方女，后封通义郡君；年三十，妇殁，又继娶其从妹，封同安郡君。"崇德"者，通义郡之异名也。钱初娶

徐姓女，后又续娶其妹，故云。

[评]贺婚联宜大方不落小样。此联措词落落，运典亦自然超逸，视纤巧专作滑稽语者，殆不可同日论矣。

　　修到梅花成眷属
　　本来松雪是神仙

[注]上为赵某娶林姓女，或贺以联。"梅花"者，林和靖隐孤山，以梅为妻，以鹤为子，此言娶林姓女为室也。"松雪"，赵子昂号，子昂娶管夫人，能书画，倡随甚乐。"神仙"则暗用刘纲、樊云翘事，言赵姓本应得佳耦如神仙也。

[评]脱尽俗套，比附切当。贺婚语有此，洵不易易。

　　十六良宵，对明月金尊，还如元夕
　　一双佳耦，看春风玉树，总是孙枝

[注]此曲园老人贺其王氏长外孙娶许氏二外孙女联语也。时当正月十六日，故有上联。"玉树"者，晋谢安问诸子侄："子弟亦何与人事，欲使其佳?"玄答曰："譬如芝兰玉树，欲使其生于庭阶耳。""孙枝"者，本指桐树嫩枝，苏轼集："凡木本实而末虚，惟桐反之。试取小枝削之，皆坚实如蜡，而其本皆中虚空。世所以贵孙枝者，

贵其实也。"此则借以言孙之旁枝。

［评］举重若轻，措词之妙，真令人百思不能得。

哀挽类

魂兮归来，夜月楼台花萼影

行不得也，楚天风雨鹧鸪声

［注］此曾国华战殁三河，曾涤生挽之之语。昔唐明皇与其兄弟宁王等相友爱，宫中有花萼相辉之楼，取《诗》"常棣之华，萼不韡韡"意也。又鹧鸪盛产于湖南，其声作"行不得也哥哥"。

［评］亲属哀挽语，能情真语挚，而又自然工稳，至为难觏。惟此联一若信口道来，绝不经意者，然于当时情事却一字不可移易。盖曾公尔时亦正困于祁门，伤弟并以自伤，时值暮春，又鹧鸪啼时，殊难为怀也。

目君为承明著作之才，九列交推非独我

思亲因泣血悲哀而死，万缘前定不由人

［注］此曾公挽柯小泉京卿语。"承明"者，汉有承明庐，为侍从臣所居之处。"九列"即九卿，清以六部尚书及都御史、通政司使、大理寺卿为九卿。

［评］明白如话，又上下联工力悉敌，无一毫可轩轾。断推此种，属联必能臻如此地步，方称巨手。

古谊契苔岑，论交我在纪群列
骚心壮寥寂，并世天生屈贾乡

［注］此左季高挽李仲云语，自注云："咸丰庚申，余被时宰之谮，将赴愬于朝，而装不具。亲故馈遗，未敢辄受。仲云以三百金贶我，乃成行。行至襄阳，鄂抚胡文忠遣人邀我于道，请必毋行，废然而返。寻奉命襄理军务，驰驱南北，积苦兵间，未有以报也。忽忽廿有二年，寸衷未能自释。兹因南行，得请省墓，则仲云下世已数月矣。诣灵奠酹，并出囊馀金偿夙诺。盖谓此意固不可负也。呜呼，岂寻常酬答之私云尔哉！"按此，则其交谊可想。"苔岑"，喻同志友也，郭璞赠温峤诗："及尔臭味，异苔同岑。""纪群列"，谓在子与孙之列也。汉陈纪，字元方，其子群，字长文，俱有至行。鲁国孔融先交纪，后又交群，由是知名。"骚心"，离忧屈抑之心；"屈贾"，谓屈原、贾谊也。贾谊，洛阳人，贬为长沙王太傅，梁王堕马死，自伤为傅无状，岁馀亦卒。

［评］情生于文，文亦生于情。有此种种关系，联语自非寻常可比。而玩其下联，又自有同病相怜之慨。特其语气浑成，非细味不能觉。是所谓神来之笔，于联语中亦

异境也。

　　　在儒林能自成一家，耄期不忘勤，令后学闻风兴起
　　　裁名剌写辞行二字，仙遊良足乐，问先生何日归来

　　[注] 此罗道源挽俞曲园语。史家有《儒林传》，以记
一代名儒。"耄期"，谓年八九十也，《礼记》："八十九十
曰耄。"名剌，即名片。曲园临殁，以名片写"辞行"二
字，若有预知者。"仙遊"二句，用丁令威事。

　　[评] 此联绝无火气，如不着力，而其词句流利，极
明白浅显之能事。然对仗之工稳，用意之清新，迥非徒搬
故实者所能望其项背。是之谓以意运词，而不为词所用，
真老斲轮手也。

　　其馀杂联，非初学所急，姑不论列。要之，联语虽小
道，琢辞运意，既颇费斟酌，而其间格调神理，亦大有高
低。洁于情者，清言亦自霏玉屑；虚相酬者，曼词亦贻讥
优孟。俗手为之，往往以塗泽为工，而无诚意真心，则失
之远矣。

楹联作法

吕云彪

第一章　楹联之渊源

楹联之肇兴，为时甚古。考其最为后来之权舆者，当推五代时蜀孟昶之十字桃符。据《蜀梼杌》云："蜀未归宋之前一年岁除日，昶令学士辛寅逊题桃符版于寝门，以其词非工，自命笔云：'新年纳馀庆；佳节号长春。'后蜀平，朝廷以吕馀庆知成都，所谓'长春'者，太祖之诞节名也。"此在当时为语讖，为偶兴之作，无联对之名。孰意此十字偶句，开椎轮之始，后人竞竞仿其词气形式，沿成斯词简意赅、属对工整之格。何谓桃符？古于门旁设置桃木板二，上绘神荼、郁垒像，谓之"符"者，藉以驱邪压鬼也，其制一年一换。自宋人将此联语推而施之于楹柱，虽历来见之于载籍者甚少，而彼大贤如南宋时朱子等，亦莫不措意于此。元明以后，作者日夥。迄于清代，则朝野上下，争相为之。举凡殿庭庙宇，以及苑圃之间，均各累累满目；而楹联之制，乃益臻美备。

瞿灏云：观蜀孟昶桃符版事（见前）及赵庚夫《岁除即事》诗句："桃符诗句好，恐动往来人。"则今之春联，乃原本于桃符版，而以纸代之，别立"春联"名目，或昉自明初耳。相传明太祖都金陵，除夕日，一面传旨公卿士庶之家门上，须各加春联一副；一面微行出观，以为笑乐。偶见一家独无之，询知为阉豕苗者，尚未倩人耳。太祖为大书曰："双手劈开生死路；一刀割断是非根。"投笔径去。嗣太祖复出，不见悬挂，因问故。答云：知是御书，高悬中堂，燃香祝圣，为献岁之瑞。太祖大喜，赉银三十两，俾迁业也。观此，则春联虽肇端于五代，而其盛行，则在明初无疑也。

宋孙奕《示儿编》云：黄耕庚夫人三月十四日生，吴叔经作寿联曰："天边将满一轮月；世上还锺百岁人。"寿联之风，盖始此。

挽联为古挽歌之变体。挽歌者，即古丧家之乐，执绋者相和之声也。按古人送葬，皆执绋以挽丧车前行，故谓之挽；亦作輓。后人由此挽歌，变而为哀死者之联语，悬之丧幄。据《石林燕语》云：韩康公得解、过省、殿试，皆第三人，后为相四迁，皆在熙宁中。苏子瞻挽云："三登庆历三人第；四入熙宁四辅中。"挽联之风，盖自此始耳。

此外若庙联始于明，盛于清，其中最多者，厥推文昌殿与关帝庙。若应制联，则倡制于明；迄清代，凡值大典庆成，皆有进御文字。康乾之间，颂扬盛德，鼓吹承平，此制更觉风行，朝廷且将殿廷联语，附入万寿盛典。

总之，楹联肇端于五代，盛行于元、明及清，今则此项文字，益见其多。凡吾人所感之怀抱，所有之居处器物，以及人为、天然之胜处，无不藉以发表，以之为装点品也。

第二章　楹联之价值

楹联虽为文人小技，骈文绪馀，不列钜制，无当硕学，而彼深情精意，能于片言短语、着墨无多之中，尽情暴露，纤微不遗，较之洋洋数千万言之大文，殊无多让。且以其立言简要，便于记忆，人乐传诵。是以自有此制，虽大贤名流，亦莫不竞相构作，抒其怀抱，以留鸿爪。迩则环顾国内，如家庭、园林、廨署、院庙、胜地等等，几有满目琳琅、触处皆是之景象。外此若社会上应酬往来之庆贺、丧葬等，亦莫不视为要品也。兹略分言之：

家庭、园林以及其他娱乐之处所、公共之机关等，虽构造欠精，装饰空少，若悬之以联语，即觉点缀有物，雅致不俗。否则凭尔构造如何雄伟，装饰如何华丽，终觉俗而欠雅。新年联语，黏于大门之上，往往多吉祥语；主人不能自撰者，至延文人代撰，以为除旧迎新之表示。

书室以及其他商店之门，黏以特殊之联语，人远望之，均能知其为书室、为某商店，是楹联具有标示特性之作用也。

我欲对人表示一种特情，只须撰书数字，即能达其目的。例如遇丧亡，欲表其凄凉悱恻之哀思，则撰送哀挽；

遇喜庆，欲表其钦慕颂祷之敬忱，则撰送贺联；对神祠有所尊敬，以简短之联表其事实，能使古贤先哲，奕奕如生。

对于时事满意与否，亦能撰联发表意见，其效等于洋洋大文，且有时或以简便易诵，收效较之大文更多。

格言楹联，多立言正大，足资劝导，遗训千古，所谓"座右铭"者，此亦可以当之。

名山胜地，佳景孔多，记叙为烦，人难尽游。楹联能择要叙记，虽寥寥数语，得以包括一切，历历如绘，栩栩如现。不惟已游者见之如获重游，即素未往游者观之，亦与亲游其间无异，是纪胜纪地之联语，实游人之梯航也。

总之，楹联立言简短，寓意深远，为实用文撰构最易之文体。虽今之文体，竞尚革新，文言楹联，亦有改用白话之议，而其体制，则未闻有人议废之也。

第三章　楹联与诗

楹联与诗，骤视之，殊与律诗之对句相似，实则大相径庭：

楹联之长短无限制，欲短则短，欲长则长，各随人意，短有短至二三字，长有长至数百字。彼长联中虽有句读之可分，而句读之长短格式，亦属无定。今体诗则长短一律，句数有限，绝句限定四句，律诗限定八句，五言每句五字，七言每句七字，千首一律，不能随意出入，此其不同者一。

诗有平仄之限定，五言、七言各各殊别，何句何字，孰平孰仄，亦有固定，不可随意变更。虽有"一三五不论"之惯例，而其二四六等字，均须遵守死则。楹联虽亦分平仄声，其中何字应平，何字应仄，则绝不呆定，作时只须注意其语气是否顺适，此其不同者二。

诗与文相较，诗之词简意赅，含蓄无穷。若楹联与诗相较，楹联更觉词简意赅，深堪玩味。盖楹联之长处，虽短至三四字，亦能寄寓全意，且有时愈短愈觉自然，愈见含蓄，玩味不穷。诗则词句至少有四，字数至少有二十，对于所欲表抒之全意，虽较楹联叙述详尽，而其含蓄，则往往远不逮之，此其不同者三。

　　绝句可不琢对。律诗所对者，亦仅中四句，且各对句之意思，均为片断的、部分的。楹联则全联字字相对，意思均完全而非片断，此其不同者四。

第四章　文言联与白话联

挽近楹联有文言与白话之殊名，究其所以有此殊名者，前以文言构成，后以白话构成也。此二联之平仄格式，彼此相同，发抒情感，示人以悲欢哀乐，亦无论文言、白话，同具此项作用。惟文言者尚堆砌字面，袭用典故，视其形式，华丽秾郁，可观可诵；论其内容，则无一字可合事实。白话联则不重词藻而重实际，就事言事，直捷痛快，照实记述，不虚伪，不拗捏，不滥套，欲言即言，既无旁人之顾忌，又不有意避俗；以与文言相较，形式殊觉粗俗难看，内容则较文言为切实。且文言联以其徒尚堆砌字面，喜运典故，其中之事实，往往除作者外，能读而明了者甚少。白话联则以全国通行之语言组成直捷痛快之联语，发表真实之意志，略识文字者见之，俱能领会其用意。故白话联为多数能知之写实联语，文言联为少数能知之虚伪联语。然撰作之时，白话殊较文言为难。盖文言联之作，只须顾及形式，而其形式复得随意滥套，典故熟、见闻多者，东拼西凑，撰之毫不费力。白话联字字讲求实际，实际如何，即如何运字造句，丝毫不容假借，且须处处力求自然，故撰制较难。

　　联语为发表情感而作，非为显其字面多、典故熟，并以使人不易明了其所言为能事而作。迩来社会流行之文言联语，留心观之，犯此习病者居多。今国人渐知其弊，群谋以白话改革之，故将来之联语，可知其必趋于白话方面也。

第五章　长联与短联

　　楹联有长短，短者三四字，长者数十百字，普通常用者，则以四、五、六、七、八、九等言居多。

　　长联之气势，贵豪放，贵丰满，自首至尾，读之当如大江之水，自西而东，一泻千里，涌往无阻。短联则如冶金之工，锻炼成器，不可更易。

　　短联词句简括，含蓄不尽。长联则对于目的事，或分条敷叙，或言之稍详。故短联多用于意简及意须言而不必明言处，长联则用于意长及不得不明白详细之事物。短联较长联作之稍易，盖短联多赅括其词，破绽难见，而其字面则又以较少故，对之易工，然求其简洁则亦非易。长联则多将目的意，详细历述，作之非气势足、意识高、清丽圆转，难免堆砌支离、调似时文之弊。故作短联，须赅括言之，字面务求工对。作长联，气势当足，识见当高，措词当圆转；其中琢对，有时可只求其意与意对，不必固拘于形式之工对也。

第六章　楹联之平仄

楹联为韵文之一，虽为字不多，而其声调，读之颇觉畅喉凑口，无丝毫聱牙之病。究其所以能奏此功效者，以无论五言七言，与夫长至数十百字之联语，其下一字也，莫不调以平仄。平仄调，而其构成之联语，声气自然和顺，清浊可觉合宜。所谓平仄者何？即平声、仄声也。平声者何？上平、下平也。仄声者何？上、去、入三声也。易言之，即合上、下二平为平声，上、去、入三声为仄声也。

欲调顺联语之平仄，须先知各本字之平仄；欲知各本字为平为仄，当先知辨别四声法。辨别四声，有四句歌诀："平声平道莫低昂，上声高呼猛烈强，去声分明哀远道，入声短促争收藏。"例"眉美妹墨"四字，依诀念之，便知第一字为平声，第二字为上声，第三字为去声，第四字为入声。其他诸字，可依此类推。此四声能知，即能知各字之属平者为平声，上、去、入三声者为仄声。

平仄声能知，可进而讲调平仄。调平仄法，即上联如用平声，下联对之常用仄声，例如：上联为"绿竹"二仄声字，下联当对以如"青松"二字等之平声字；上联为

"桃红"二平声字，下联当对以如"李白"二字等之仄声字。斯为短联及联中数字之设例。若云全长联，无论上联及下联，平仄声字须相机间用，俾构成之联语，声调有高下清浊之可分，读之能获畅喉凑口之快感。设上联全用仄声或平声，下联全用平声或仄声，声调一律，高下不分，清浊无别，其语虽琢对精工，读之终觉如蛙声一片，既于喉不适，复难生快感。但一联之中，某处应用平声，某处应用仄声，当随用意之如何、声调之是否顺适而变化运用，向无死则之规定。至例有规定而不得稍事违犯者，即上联之末字，定当选用仄声，下联之末字，定当选用平声是也。例"狂风扣户，皎月穿窗"，上联末字"户"为仄声，下联末字"窗"为平声，斯为死则。万一倒而置之，如"皎月穿窗，狂风扣户"，即违犯规则。虽琢对仍属自然，于逻辑上并无不合，然被识者见之，势必窃笑不止也。

联有四言、五言、六言、七言、八言、九言、十言等等之不同。而此诸联中之平仄，一如前言，各随用意如何，声调顺否，而变化运构，无固定之死则。惟就历来习惯上以及声调上观之，各言殊亦有通行之常规可寻，特分述一二于后：

四言（平仄并实例，以下同）：
仄平仄仄，平仄平平。
水天一色，风月双清。

平平仄仄，仄仄平平。

天明鸟语，月夕鸡栖。

仄仄平平，平平仄仄。

日月如梭，光阴似箭。

仄平平仄，平仄仄平。

月中丹桂，天上碧桃。

平平平仄，仄仄仄平。

狂风吹帽，细雨湿衣。

五言：

仄仄平平仄，平平仄仄平。

细雨鱼儿出，微风燕子斜。

仄平平仄仄，平仄仄平平。

竹窗人共话，茅舍客孤眠。

平仄仄平仄，仄平平仄平。

行到水穷处，坐看云起时。

平平平仄仄，仄仄仄平平。

庭闲芳草满，院静落花多。

平仄平平仄，仄平仄仄平。

花草逢时雨，蕙兰映晓风。

六言：

仄仄仄平仄仄，平平平仄平平。
夜雨竹窗共话，春风藤榻高眠。

仄仄平平仄仄，平平仄仄平平。
石上壶觞对客，云边杖履寻僧。

仄仄仄平平仄，平平平仄仄平。
一径野花风落，孤村春水夜生。

仄仄仄平平仄，平平仄仄平平。
对客漫谈书史，逢人但识渔樵。

平仄平平仄仄，仄平仄仄平平。
林木来时似水，岚烟到处如云。

七言：

平平仄仄平平仄，仄仄平平仄仄平。
江云带月秋偏热，海雨随风夏亦寒。

平仄仄仄平平仄，仄平仄仄仄平平。
红叶树藏秋水寺，白头僧渡夕阳船。

仄平仄仄平平仄，平仄平平仄仄平。
日移竹影侵棋局，风送花香入酒杯。

仄仄仄平平仄仄，平平平仄仄平平。
雨打落花红满地，烟含疏柳翠盈堤。

仄仄平平平仄仄，平平仄仄仄平平。
草拂长堤谁认路，云封古树只闻钟。

平仄平平平仄仄，仄平仄仄仄平平。
风送花香侵小榻，月移竹影入疏帘。

仄平平仄平平仄，仄仄平平仄仄平。
片帘疏影花间月，满榻凉阴竹外风。

八言：

仄仄平平，平平仄仄；平平仄仄，仄仄平平。
玉检金泥，山通宛委；琼编秘笈，地接琅環。

平仄平平，平平仄仄；仄平平仄，仄仄平平。
蟾月麟樽，唐延桂粟；凤箫鹤算，丙朗兰阶。

仄仄平平，平平平仄；平平仄仄，仄仄仄平。
甲子重新，如山如阜；春秋不老，大德大年。

仄平仄平，平平仄仄；平仄平平，仄仄平平。
洗心曰斋，防患曰戒；循法无过，习礼无邪。

仄仄仄平，平平仄仄；平平平仄，仄仄仄平。
以质得财，观疏无异；因资生息，尔我共安。

九言：

仄仄仄平平，平平仄仄；平平平仄仄，仄仄平平。

世事已无常,空留尘榻;音容何处觅,怅望人琴。

仄仄平平,仄仄平平仄;平平仄仄,平平仄仄平。

法雨晴飞,绕殿香云至;天花昼下,当空瑞日悬。

十言:

仄仄平平,平仄平平仄仄;平平仄仄,仄平仄仄平平。

岁序更新,三朗〔朔〕同临首祚;风光胜旧,一门独得先春。

平仄仄,仄仄平,平平平仄;仄仄平,平平仄,仄仄平平。

红杏圃,绿柳堤,无非诗料;素月琴,青萍剑,尽是春怀。

仄仄平平,仄仄平平仄;平平仄仄,平平平仄平平。

婺晦瑶天,啮檗流风歌绝;萱摧闺苑,丸熊遗迹徒存。

平仄平平,仄仄平平仄仄;仄平平仄,平平仄仄平平。

人莫心高,自有生成造化;事由天定,何须苦用机关。

十一言:

仄仄平平,平仄仄平平仄仄;平平仄仄,仄平平仄仄平平。

矫矫孤忠,虽死不忘瞻北阙;森森古木,至今犹表向南枝。

仄仄平平，平仄平平平仄仄；平平仄仄，仄平仄仄仄平平。

暮鼓晨钟，惊起红尘机里客；经文贝叶，唤回苦海梦中人。

平仄仄平，仄平仄仄平平仄；仄平平仄，平仄平平平仄仄平。

成佛念轻，纵然自在还为妄；度生心切，须信慈悲也是贪。

平平平仄仄平平，仄平仄仄；仄仄仄平平仄仄，平仄平平。

人生何处不逢场，且来看看；世事现身而说法，如是云云。

仄仄平平，仄仄平平平仄仄；平平仄仄，平平仄仄仄平平。

倚月高歌，阆苑三千蓬岛外；临风吐韵，霓裳一曲紫云端。

仄仄平平，平仄平平平仄仄；平平仄仄，仄平仄仄仄平平。

月照寒枫，空谷深山徒洒泪；云封宿草，素车白马更伤心。

仄仄平平，仄平仄仄平平仄；平平仄仄，平仄平平平仄平。

玉宇无尘，月明碧玉三千界；银河泻影，人醉春风十二楼。

平仄仄平，仄平仄平平仄仄；仄平平仄，平仄平平仄平平。

摩厉以须，问天下头颅几许；及锋而试，看老夫手段如何。

十二言：

平平仄平平，仄仄平仄平仄仄；仄仄平仄仄，平平仄仄平仄平平。

先春祝长春，戏綵看谢家玉树；诞日为果日，登筵荐王母蟠桃。

仄仄仄平平，平平平平平仄仄；平平平仄仄，仄平仄仄仄平平。

六辔御先春，梅试香风腾骥足；三星光在户，月呈瑞色映芳樽。

十三言：

平平仄仄平平，仄仄平平平仄仄；仄仄平平仄仄，平平仄仄仄平平。

君如古柏苍松，佛国修成无量寿；我是闲云野鹤，灵山证取未来因。

　　以上所举者，仅为普通常见之设例，阅者万勿误视为各言中只有此数例。当知楹联之平仄，可随作者之意旨自由运用，惟初学撰构时，对于已成之联语，声调是否顺适，细自审读，如觉欠妥，便须改易。

　　楹联琢对，前述须仄对平，或平对仄，固矣。然有时为声调自然、意思畅达计，一联之中，有时有数字之平仄得以上下不对。此等平仄得以不对之字，普通常见者，为句首之第一字，以及其中之不甚重要字。五言、七言之平仄，与五七言之诗体相似者居多。

　　无论何联之开始，可随我意之如何而定为平起仄起。

　　十三言以上之各联，虽为字渐多，其平仄仍各如前述各联，以是否畅喉凑口为标准。

第七章　楹联之用字

楹联用字，丝毫不可假借，苟一字用失其当，势必全联俱废。用字时最当特别注意者，为下列数端：

全联之平仄，须处处调和顺适。例如当用平声或响亮处，须选用平声或声音响亮字以适合之。

意可明言而无深藏之必要者，一面明白直言，一面选用直捷痛快之字面；如意须含蓄忌明言者，不惟措词当有令人玩味不尽之气象，即所用各字，亦宜慎择堪以含藏者为贵。

前人已用过之好字面，能运用于本联者，尽可袭而活用。但当袭用自然，天衣无缝，陈古讽今，因彼证此，不可稍着痕迹。

上联如复用其字者，下联亦须复用之。设上联（下）复用，下联（上）反之，则不成其为联矣。

应用实字处，当以实字为宜，否则疲弱无力。例："风来花如笑；春入鸟能言。""春融胜日莺声丽；昼静疏帘燕语频。"此二联之能有精神，前者全在其第三字"花""鸟"二实字，后者全在其第五字"莺""燕"二实字。

联意不能一字形容尽致者，得重叠用之，且可一处重叠数种字。惟此项重叠其字之对法，上下可只取其重叠相对，不必拘于字面也。

诗与联语，往往较普通散文有一种特用字，如"此番"二字，在联语中多用"者番"二字代之，相沿成习，反之殊与体式欠合。

欲免重复麻烦而求简洁老当，联中可省去其一字或数字。例："数不尽春光，门前绿树，阶前瑶草；看将来得意，千里晴空，万里青云。"上联之"门前"及"阶前"等，前当各有"数不尽"三字，下联之"千里"及"万里"等前，当各有"看将来"三字。今均凭上贯下，省而不用，其效仍能使人明瞭，句则反较复用者益见其简洁。

其气其事，非接连数句之首字，同用一字不足以振其势者，当接连同用之。"以岁之正，以月之令，春酒一杯，为相公寿；治内用文，治外用武，长城万里，殿天子邦。"此联上下二句之首字，各同用一动词，读之甚见精神。

联中用字，虽尚简古及典雅，但运用须使自然，不露生强硬砌。

联中之关键重要字，当圆活善用，如驾轻就熟，转折自然。

第八章　楹联之句法

楹联长者，亦分句读。惟此句读，贵洁净简老，忌拖泥带水，疲弱无力。虚字能勿用，当勿用为佳；设不得已而欲运用，宜审慎周妥，力避普通文之习气。盖联语为字寥寥，其精神全在字字有力。虚字在普通散文中，用之稍不得当，尚易减损精神，况寥寥数字之短联乎？故楹联用字，当处处留意，对于虚字，尤当慎之尤慎。至其气势，上下句须前后紧接，不可稍呈弛缓；若稍呈弛缓，势必全联疲弱，减损精神。其句法普通常见者，为类甚多。

　　喻句　以彼事彼物，譬喻此事此物之句法，例："古同松柏清同竹；言可经纶行可师。""乃冰其清，乃玉其洁；如山之寿，如松之贞。"此种句法，在楹联中用之最宜。盖楹联贵简短洁净，能使长言不尽者缩为一短句，功效仍等于详言无异者，譬喻句也，惟譬喻须得其当。

　　诫句　含警戒之语气，例："修心须悟存心妙；炼性当知养性难。"

　　问句　含问人之语气，例："泉自几时冷起？峰从何处飞来？"

　　隐句　所欲言之目的意，隐藏句内，人读之，须玩味再三而后知者。例如何淡如戏赠其友新婚联云："云点梅花，昨夜不知五六出；灰飞葭管，新阳仅入二三分。"

禁句　含禁止语气，例："同是肚皮，饱者不知饥者苦；一般面目，得时休笑失时人。"

递句　句意有逐渐递传之气象，例："衍圣公县县令；琉球王国国师。"

环句　句势环绕回转者，例："自在自观观自在；如来如见见如来。""古事见今朝，过去今朝皆古事；虚华当实境，后来实境亦虚华。""花烛烛花开并蒂；酒樽樽酒结同心。""作帝师师，公之桃李遍天下；为民父父，膏以黍苗及后人。""道不远人人远道；卿须怜我我怜卿。""国士无双双国士；忠臣不二二忠臣。"

省句　省去应有之主词，例："是名教内老头陀；与尼山有香火缘。"上下联之首，照例应有主词，如"吕二""张三"等字。"吕二是名教内老头陀；张三与尼山有香火缘。"今主词虽省去，其效与不省去无异。

转句　有转折气象，例："司法虽独立尊严，倘判断不平，按级尽堪上诉；推事岂全权集合，是民刑各掌，开庭且许旁听。"

叠句　其句如器物之重叠然，例："一楼何奇：杜少陵五言绝唱，范希文两字关心，滕子京百废俱兴，吕纯阳三过必醉，诗耶儒耶，吏耶仙耶，前不见古人，使我怆然泪下；诸君试看：洞庭湖南极潇湘，扬子江北通巫峡，巴陵山西来爽气，岳州城东道岩疆，潴者流者，峙者镇者，此中有真意，问谁领会得来？""柔日读经，刚日读史；十年树木，百年树人。"

倒句　其字应置于前者，反写于后，例："芳草斜阳外；落花流水间。""花甲宏开旬历四；兰阶蔚立祝多三。"

推句　此为逐层推进之句法，例："松竹秀而古；山水清且闲。"

直书句　上下联之语气，常一贯直下、不可分离者，例："愿将佛手双垂下；摩得人心一样平。"

呼应句　句中有上呼下应之气象，例："风翻白浪花千片；雁点青天字一行。"

子母句　句中重要字面有子母之分，例："蝉琴鸣断续；蝶拍舞高低。""归得多，来得少，一暴十寒，虽教讲打，亦属无益；膳甚美，脩甚丰，年规节敬，即烟茶酒，可想而知。"

第九章　楹联之对法

联中各字，不惟平仄声须上下相对，即一切形式精神，亦当字字精对。其属对之法，变化万端，一言难尽，兹姑概言一二于下：

上联为甲意者，下联须以乙意或丙意等对之；为乙意者，须以甲意或丙意等对之。例上联"连日雨"，下联宜对以"满天星"等；上联"花前饮酒"，下联当对以"月下吟诗"等。

琢对宁粗毋弱，宁拙毋巧，宁村毋华，忌野俗，避生强。

对分内外，内意对之须尽其理，外意对之须尽其象，且当内外含蓄，方入对格。

对虽形式、内容并重，二者之中，权其轻重，则内容更重。故对时当重视事实，不可稍形腐浮及无谓之弊。

琢对之事实，贵正确，若稍欠正确，即使平仄顺适，形式精工，终必流为笑谈。例如：旧传之"门前绿水流将去；屋里青山跳出来。"一联，粗视之，平仄甚调，琢对亦工，人多误为佳联。设细加审察，下联之事实，荒谬实甚，屋里如何有青山；即有青山，青山为死物，如何能于

屋里跳出。究其弊，盖作者徒重形式，对于事实，未遑顾
及其确否也。

上联为二字以上之词类，下联对之亦当以二字以上之
词类，例上联"夏日"为二字所成之名词，下联宜以同例
之二字所成之名词如"冬霜"等对之。例上联"五柳宅"
为三字所成之名词，下联宜以同例之三字所成之名词如
"三槐堂"等对之。此为概言词类之对法。若细言之，名词
当对名词，动词当对动词，其他若方向、形容词、虚字、
叠词、叠句以及二字以上等词，各当以同例同类相对之。

（一）名词分动、植、矿以及人名、地名、事物等，
作联时须分别对之。例上联"蜻蜓"为动物名词，下联对
之以动物名词如"蛱蝶"等为宜："蜻蜓点水；蛱蝶穿
花。"其他诸名词对之，均不甚妥。例上联"梧桐"为植
物名词，下联对之以植物名词如"杨柳"等为宜："梧桐
新月；杨柳轻风。"其他诸名词对之均不甚妥。例上联
"金"为矿物名词，下联对之以矿物名词如"璧"等为宜：
"黄金百镒；白璧一双。"其他诸名词虽亦有可对者，"明
月松间照；清泉石上流"，但终属少见。例上联"王阮亭"
为人名词，下联对之以人名词如"龚芝麓"等为宜："爱
士似王阮亭，微闻遗疏陈情，动天上九重颜色；怜才若龚
芝麓，为数揽衣雪涕，有阶前八百孤寒。"例上联"南阳"
为地名，下联对之以地名如"西蜀"等为宜："望重南阳，
想当年羽扇纶巾，三军儒雅；名留西蜀，爱此地浣花濯

锦，万古馨香。"例上联"农"为职业名词，下联对之以职业名词如"渔"为宜："农耕雨后；渔钓月中。"例上联"榻"为品物名词，下联对之以品物名如"帘"等为宜："满榻图书左右；卷帘花鸟春秋。"

（二）动词分内动、外动：如"知""觉"等字，属于内动也；"卷""拂"等字，属于外动也。联语中对于此类字，当分别对用之。外动词中又有四肢、五官、身躯等区别，如"跃""飞""起""行"等字，为身动之动词；"采""攀""卷""拂"等字，为手动之动词；"吹""呼""叫""吃"等字，为口动之动词；"看""望"等字，为目动之动词；"听""闻"等字，为耳动之动词；"嗅"等字，为鼻动之动词。此等字虽有时对之以异类词亦可，但终不若以同类词对之之为佳也。

（三）方向词分四向、边向、上下向、中间向等。如"东""西""南""北"等，四向词类也。"前""后""左""右""边""底""面""侧"等，边向词类也。"上""下"等，上下向词类也。"中""间""际""内""外"等，中间向词类也。在联语中，能各以其同类词对之最佳，否则混合对之亦可。

（四）形容词分颜色、数目、美丑、明暗、高低、远近、早晚、晴雨、大小（可通对高低）及疏密、长短、寒暖、香臭等，当各就其类对之。其中颜色如红、黄、蓝、白、黑、青等，除二字以上之名词外，概当就其同类对之

（一湾绿水；万叠青山），否则即为不工。数目如一、十、百、千、万等，在联中用之同上，惟其中之二十、三十、四十等，如须以之作一字用者，可改用"廿""卅""卌"等字。例："廿载契何如？犹觉兰言在耳；三秋悲永诀，那堪楚些招魂。""卅年来同谱同舟，忽魂归缥缈峰前，转悔星移空借箸；一门内难兄难弟，竟望断逍遥堂后，不教旧约践连床。"混称数字，如"多""少""稀""众""寡"等，在联语中对之亦宜以同类字为宜。

（五）虚字在联语中用之甚少，惟上联如用虚字，下联亦须以虚字对之，例："复旦重赓，已被薰风之化；分阴可惜，何须秉烛而游。"上联之"之"为虚字，下联所对之"而"字，亦为虚字。

（六）普通文中遇单词不足以形容其意处，用叠词以形容之，在联语中亦然。例："君子至斯，丰度翩翩如玉树；德音来括，鸾声翙翙学关雎。""庸庸碌碌曹丞相；哭哭啼啼董太师。"

（七）形容目的物重叠其言者，使之更觉明显也。例："美奂美轮，卜云其吉；肯堂肯构，居之也安。""好水好山，出东郭不半里而至；宜晴宜雨，比西湖第一楼何如？"

（八）二字以上之名词，可对以同数之名词，不一定字字字面相对也。例："千里春风劳驿使；三秋芳讯寄邮人。"其中"春风"对"芳讯"即是此意。

联语之对法有二：一为上下联相对法，一为各联各自为对法。前者即上下联之各字，须上下相对也；后者即上联自对上联，下联自对下联也。各自为对之长处，在词句浑成无沚涩滞状。"箫引凤皇，春生斑管；杯浮竹叶，香到梅花。""我是闲云君是鹤；卧看山色醉看花。"

联语有时任其自然，不求形式之死对，而上下联有同用一字者，例："火树千层，恍借烛龙之耀；琪花四照，岂因羯鼓之催。"

联语有形式、实质均对者，亦有仅对其实质，形式绝不相对者。例："名满天下，不曾出户一步；言满天下，不曾出口一字。"此种联语，取其自然相对。

上下联字字精巧相对，无一勉强者，谓之精巧对法。例："红入桃花嫩；青归柳叶新。""柳眼才舒芳草地；桃腮正晕碧云天。"

既上下联相对，本句中复各自相对，此种对法，谓之句中对法。例："远山芳草外；流水落花中。"但是法用之贵自然，忌生强。

上下联各精巧变化，虽简短不满十字者，前后亦竟有二三变。例："鸟去鸟来山色里；人歌人哭水声中。"

无论何文，情、景二项，兼顾并写，读之兴味浓而感应大。若情归情、景归景，无论如何深情美景，如何形容尽致，终难激起读者之兴感。联语亦如是，惟此情景兼写之联语，须景中寓情，情中有景，情即是景，景即是情，使读者不能别之为二。例："林间竹有湘妃泪；窗外禽多杜宇魂。"

感怀咏古之联语，其上下所对之材料，须能令人发生感今悲古、沧海桑田之同情者为要。例："吴宫花草埋幽径；晋代衣冠成古丘。"

以上系讨论琢对之法，至普通联中所常见之相对字，举示一二，以资触机：

且把—相将	莫把—还将	何不—莫非
应须—何足	岂惟—即此	依旧—自然
但得—居然	但愿—不妨	恰当—刚是
才见—更逢	未必—须知	漫道—谁云
只期—不觉	安得—只须	卓尔—飘然
果然—真个	只将—便是	已是—须知
休辞—须念	纵使—须知	不是—即为
如此—本来	不堪—差许	犹觉—那堪
还须—尚待	当年—此日	即今—在昔
自思—却忆	霎时—顷刻	试问—欲知
甚么—那个	敢向—却将	两两—双双
二三—四五		

上举各例，系假定者，并非固定不变，亦非只能与如上所举者相对，当知外此可与相对者尚多也。

第十章　楹联之材料

各联有各联之特殊材料，兹为学者便利计，分类搜集一二，以备采用。

一、庆　贺

1. 晋寿

引觞　称觞　飞觞　晋祝　晋爵　献寿　介寿　举寿杯　卪寿寓　献寿杯　嫡辉晋祝　陈觞晋祝　华封晋祝琼筵晋爵　称觞祝嘏　晋爵延龄　三祝筵开　九如诗颂鹤筹添算

寿酒——寿杯　寿筵　寿觥　琼席　琼筵　瑶觞
　　　　千岁酒　长寿杯　延龄酒

寿辰——寿诞　寿辰　生辰　诞辰　良辰　佳辰
　　　　良诞　诞日

寿长——遐龄　长生　千春　千秋　延龄　无量寿
　　　　春秋绵历

比拟寿辰——鹤算　南山寿　鹤筹无算　松林岁月
　　　　　鹤语春秋　日月长明　无量寿佛　寿跻南极

强健——矍铄翁 龙马精神

志操比拟——冰清 玉洁 野鹤 寒松 松贞 松筠操 松筠晚节

双寿——比翼 夸并茂 庆双辉 鸿案齐眉 鸿案绵鳌 鸿案相庄 双星齐耀 桂兰齐馥 仙耦齐龄 德辉并耀 华堂偕老 白首相庄 弧帨双悬 桃开连理

年岁——二十："请缨时" 三十："而立""半甲" 四十："四秩""不惑""不动心""强仕年" 五十："知非""知命""大衍""五秩" 六十："耆""再周""周甲""六秩""耳顺""杖乡""周甲篆""甲子重新" 七十："鸠杖""上寿""七秩""杖国""赐杖""古稀" 八十："耄年""杖朝" 九十："耋""移山年" 百岁："百龄""百春""大年""大寿""期颐"

祝颂——献祝 延祝 祝千春 祝千秋 祝长生 歌寿考 一盏遥贺 进祝一觞 敬祝千秋 奉觞上寿 祝无量寿 永享遐龄 南山献颂 华封三祝 九如之颂 海屋添筹 日升月恒 寿同橘叟 如冈如陵 我佛长生

甲、男寿

生辰——设弧 览揆 岳降

比拟寿辰——同上"晋寿"

乙、女寿

生辰——设帨　帨辰

荣福——玉树柯荣　婺宿腾辉　媋星焕彩　星辉
　　　　宝婺　花灿金萱　萱花挺秀　梅萼舒芬
　　　　萱堂春暖　萱庭日丽　兰阁风薰　璇闱
　　　　增庆　萱庭集庆　芝阶秀毓

志操贤良——冰清　玉洁　松贞　晚节松筠

借代词——萱草　金萱

住所——萱堂　萱庭　兰阁　兰闱　绣阁

寿长——瑶池春永　春永萱庭

祝寿——蟠桃献寿　瑶池桃熟　灵娥初度　王母
　　　　长生　灵娥不老

比拟——瑶池仙子　王母降生

贤良——淑慎其身　陶母莱妻　欧孟嗣音

2. 婚姻

婚期——佳期　良辰　吉日

姻缘——良缘　天缘　赤绳系足

结婚——合卺　燕尔

花烛——银烛　双烛

喜酒——合欢筵

婚堂——画堂　华堂　锦堂　玉堂

新房——蟾宫　金屋　洞房

帐帏——绣帏　绣幕

妆台——玉台

床帐——锦帐　芙蓉帐

比拟——鸳鸯　鸾凤　翡翠　凤凰

配合——对舞　交柯　好合　好逑　璧合　珠联
　　　　双飞　并蒂　交颈　同心　和鸣　双影
　　　　并头　连枝　双星　比翼　齐飞　佳配
　　　　嘉耦　谐凤卜　协熊占　结同心　琴瑟赓
　　　　和　鸾凤和鸣　百年好合　琴瑟友之　情
　　　　联鸾凤　莲花并蒂　玉树连枝

夫妇才貌——才子　佳人　天人　仙人　双美　双璧

时令——明言"春""夏""秋""冬""新春""三
　　　　春""初夏""三秋""初冬""元夜"。借
　　　　花卉表示　正月："寿阳试妆""香透梅
　　　　花"；二月："花朝春色""玉楼人醉"；三
　　　　月："柳色映眉""桃花照面"；四月："满
　　　　架蔷薇""倚阑芍药"；五月："榴花艳映"
　　　　"蒲叶摇风"；六月："莲花并蒂"；七月：
　　　　"莲沼馀芳""花裁乞巧"；八月："丹桂竞
　　　　芳""香满蟾宫"；九月："诗题红叶""酒
　　　　酿黄花"；十月："春回岭上""日丽小
　　　　春"；十一月："灰飞葭管""雪拥蓝田"；

十二月："诗吟白雪""妆艳红梅"

妆车——百辆

甲、续娶

鸾胶新续　琴弦更张　其新孔嘉　庆溢鸾胶

乙、嫁女

于归　往送　宜其室家

丙、纳妾

金屋藏娇　羔酒尽欢

丁、入赘

坦腹才高　乘龙共羡　雀屏中选　喜溢盈门

3. 生子

住了　麟趾　凤毛　骊珠　宁馨　英物　人杰

桂子　兰孙　祥麟　彩凤　紫兰芽　丹桂

宝　石麒麟　金鸂鶒

生子——产凤　弄璋　蟠桃结子　仙桂生枝

生女——设帨凝祥　玉胜征祥

颂祝——毓凤　诞麟　征国瑞　兆家祥

获报——世德征祥　德门喜集　箕裘克绍

4. 营造

建筑——卜筑　落成

佳构——华堂　画堂　爽垲　美奂美轮　如革如飞

福地——开景运　绕彤云　开黄道　照紫薇　三阳
日照　五福星临　吉星高照　紫薇当户
黄道安门　竹苞松茂

5. 移居

迁移——莺迁　出谷　迁乔　择里
地位——芳邻　上林　上苑　上谷　仁里　德邻

6. 毕业

毕业——有志竟成
成绩——学贯中西　学冠同人　学冠群英　国中翘楚

二、哀　挽

悲伤——太息　怅惘　伤心　泣血　流涕　凄酸　千
古恨　百年愁　一天愁　挥痛泪
死信——恶耗　凶耗　噩耗　易箦耗

1. 男挽

去世——悲落月　骑鲸去　化鹤去　龙化去　梁木
坏　泰山颓　少微陨　大雅云亡　哲人其
萎　骖鸾腾天　驾鹤上汉　南极星陨　归
神太素　仙去何之　葆真而去　擎天柱折

遗型顿失　灵光殿圮　老成凋谢　萎矣哲
人　阆苑归真　玉楼应召　天不假年　人
琴俱亡

2. 女挽

去世——慈颜杳　金阁冷　绣帏寒　西池驾返　绮
阁风寒　兰阶月冷　绣阁花残　妆台月冷
彩云西去　灵萱惊萎　慈竹影寒　石坛露
冷　瑶池返驾　鸾驭退升　母仪千古　云
軿西驭　慈竹风凄　慈云西游　星沉宝婺
婺宿沉芒　北堂萱萎　萱摧阆苑

3. 挽兄弟

鹡鸰音断　棣萼花分　床空共被　荆萎连枝　雁行
忽断

三、时　令

1. 春联

春天——一元　首祚　履端　元气　新元　初阳
新岁　新春　春阳　春辉　春风　春光
新律　阳春　长春　春晖　春色　早春
新岁月　换桃符　鸿钧初转　凤龠乍更

春晴和暖——日暖　风和　和风　丽日　桃花嫩　柳叶新　如登春台　景象一新

2. 元宵

火树　银花　银灯　灯衢　灯市　玉灯　春灯　龙烛凤灯　万树花开　灯月交辉　皓月满轮　良宵美景

古典——开夜禁　铁锁开

名称——上元　元宵　元夕

月光——兔魄　蟾光　不夜天

3. 端阳

榴花彩绚　蒲叶香浮　绿艾悬门　青蒲注酒

4. 中秋

终宵朗　彻夜辉　光满一轮　秋澄银汉　银汉流光　风月双清　天汉光澄　玉盘光曜

5. 重阳

满城风雨　遍插茱萸

6. 冬至

地轴阳回　一阳复始　易占来复

四、宅　第

1. 门庭

清门　重门　德门　华门　谢庭

外景——秀水绕门　远山当户　家依绿水　宅近青
　　　　山　门垂碧柳　轩映红桃　山围水绕　柳
　　　　暗花明

标别——仙子宅　处士宅　野人家

2. 书室

书多——拥百城　藏千卷　富比琅嬛　邺架曹仓

诵读——吟哦　咿唔　悬梁　刺股　随月上屋　囊
　　　　萤照读　蛾子时术　青灯有味

3. 后门

裕后　承家　后地宽宏　秀启后贤

4. 内室

窗户——绣户　纱窗　瑶窗　绮窗

簾幕——绣幕　香簾　珠簾

5. 厨房

烹调——良庖　知味　五味调和　易牙妙手

器具——俎豆　鼎鼐　金盘　玉碗

滋味——异味　山珍　海错　馨香　肥腯　鲜美

　　　　五侯之鲭　夏宜清淡　冬尚膏腴

五、商　　业

营利——尽蚁力　觅蝇头　操奇计赢　持筹握算

　　　　经之营之　以有易无　籴贱粜贵

获利——利莫大焉　财恒足矣　紫标黄标　百万千万

形容其业——陶公宏业　端木遗风　孔氏雍容　白

　　　　圭智计

六、桥　　梁

高崇——凌虚　遥接银汉

比拟——虹气　雁行　半月　长虹

七、宗　　祠

祀别——春礿　夏禘　秋尝　冬烝

设祠——报本　追远　崇祀典　宗之言崇　庙之言貌

虔祭——俨若思　祭如在　慢见忾闻　春秋匪懈

象贤——绳祖武　绍箕裘

第十一章　楹联之款式

楹联上所有之文字，除联语外为上下款。此上下款除形小者及门联外，概皆具书之。惟自用及悬于公共场所，如庙宇等楹联，上款改写书时之年月，或仅具下款；或并下款而无之者亦有。兹分述之：

一、上　款

上款分名字、称谓、标联语三项，其次序：名字居前，称谓次之，标联语居末。

1. 名字

此为受者之名字。受者之名字，当用号不用名，名号统一者不在此例。如有号而书其名，则受者必视为不敬。

送友之母丧，则不书友母之名，而书友姓及友之母家姓，友姓下书一母字，友之母家姓下乃书称谓，例："吕母孙太夫人千古。"

受者为团体者，书团体名，例："松风园新张之喜。"

2. 称谓

此称谓与书信上之称谓相同。

同辈男友，普通多称先生，女友则多称女士。

直接送联对面人者，用单称，"在章先生燕尔之喜"。送联对面人之幼辈者，当用双称，即于对面人号下加以二重之称谓，此称谓下书其幼辈之号，幼辈之号下再加以称谓，例："在章先生令郎云衢君燕尔之喜。"

受者为妇女者，称谓上可加以夫或子之官衔，例："观察孙太夫人七秩荣庆。"

受者如为学者专家，普通或于其称谓下再加以"法家"二字，例："音谐先生法家正之。"

3. 标联语

此为标示目的所在之语句。例如此联为贺人娶妻者，书"燕喜"二字；哀死者，书"千古"二字。

通常联——清玩　雅玩　雅属　雅正　之属　正之　教正　雅鉴　属书　正腕　两政

婚联——燕喜　大喜　新婚之喜　结婚之喜　于归之喜　出阁之喜　续胶之喜

寿联——寿辰　寿诞　诞辰　华诞　称觞之庆　大庆　初度　千秋寿诞　千春寿诞　某旬华诞　某秩荣庆　七秩晋九　悬弧之庆　某秩称觞之庆　某旬称觞之庆　悦诞　悦辰　千春悦诞（悦诞以下用诸女子）

挽联——千古　冥鉴　灵座　灵右

开张联——开张之喜　新张之喜　开幕之喜

迁居联——乔迁之喜　更垲之喜

奠基联——权舆之喜　奠基之喜

落成联——落成之庆　秩秩之喜　斯干之祝　攸居之喜　新居落成之喜

生子联——麟喜　弄璋之喜　李禧（用于双生）

生女联——掌珠之喜　弄瓦之喜

二、下　款

下款分称谓、具名、具名语、具印等，其次序：称谓居前，具名次之，具名语又次之，末则具印。

1. 称谓

此视上款之称谓而定，与书信末之自称相同，一切规则，亦与之无异。例上款称受联人为兄者，此处自称为弟；上款为会长先生者，此以会员自称之。

撰书庙宇联之自称，普通多书"邑人""里人"等字，或书县名。

同具名而自称相同者，可只书一称谓于正中而同用之。例"受业_{陈儒伯}_{冯鸿生}同祝"；不同者，分别书之。

2. 具名

此处之具名，普通多连书姓字。惟不书姓而仅具名者亦有之。

普通书用名字，惟不书名而用号者亦有。

名号兼具者亦有之，惟号书于名前，例："豪如吕云衢敬贺。"

数人同具名者，其先后：以上之正中为第一，左右次之。例：

马爱民
"受业张世英同祝。"
陆永昌

倩人撰书者，己名之前，有书代者之名字。例：

"孙笠民撰书
陈春华敬立"

具名处，只书其名。名上之称谓，以及名下之具名语，均省而不书亦可。

名上有书其写时之年岁，或写时之年月日或令节者。例："七十老人吕在章书""民国二十四年国庆日吕在章书"。

3. 具名语

通常——书　谨书　敬书　手书　谨撰　撰书　鞠躬
喜联——贺　敬贺　谨贺　恭贺　书贺　撰贺
寿联——颂　祝　谨颂　敬颂　谨祝　敬祝　恭祝
挽联——挽　谨挽　敬挽　恭挽　拜挽　哀挽　泣挽
拭泪敬挽　顿首挽　鞠躬挽

4. 具印

除挽联外，具名下普通多具印。此项具印，有单有双。单印者，只具一印，用名用号，视其具书之名字而定。例如上具书者为名，当用名印；号者，以号印印之。例："弟吕云彪敬贺。" 云吕彪印 双印者，上下连具二印，在上者为名印，在下者为号印。例： "弟吕云彪敬贺。" 云吕彪印 祥舜 无论单双，其印之大小，当与其上具名语之字形相仿，不可过大或过小。

第十二章　楹联之体式

楹联之体式，千变万化，人各不同，联联有别，详细言之，不胜枚举。兹述其普通所常见者于次，俾学者有所遵循。

一、先分后总式

先将全联材料，分别列举，然后总括言之。此式有先双分者，有先三分四分……者。例："红杏圃，绿柳堤，无非诗料；素月琴，青萍剑，尽是春怀。"此先二分式"Ｙ"也。"松、竹、梅，岁寒三友；桃、李、杏，春暖一家。"此先三分式"Ψ"也。"善报、恶报，迟报、速报，终须有报；天知、地知，子知、我知，何谓无知？"此先四分式"Ψ"也。

二、先总后分式

先总言大意，次将各意分别列举，以图表之，如"⼏""朳""朳"。例："叹老夫半世辛勤：藏书万卷，读书千卷，著书百卷；看小孙连番侥幸：县试第一，会试第二，殿试第三。""大哉夫子之功：百世权衡，六经羽翼；远矣斯文之统：周程私淑，荀孟闻知。"

三、首尾总括式

先总言大意，次将大意分别言之，末复将各意总括言之，其式以图表之，如"Φ""Φ"。例："果然第一英雄，忠在君臣，义在兄弟，使不忠不义人对此，应教愧杀；真个无双豪杰，德兼文武，行兼春秋，惟有德有行者拜焉，越显灵通。"

四、指示式

语气间似有将此物此形指示于人之法式，图表之，如"ⓌⒽ"。例："此间乃西天成佛处；其形非北地变相图。"

五、因果式

有彼乃有此，有此方有彼，语气间似因果相生者，谓之因果式，图表之，如"Ⓒ"。例："为防昏夜行迷径；故把纱笼度觉津。"

六、直下式

自首至尾向前直下者，图表之，如"↓"。例："数不尽春光，门前绿树，阶前瑶草；看将来得意，千里晴空，万里青云。"

七、数点式

全联用数点物品式之法构成，图表之，如"－－－－"。例："京国奉慈舆，而秦、而蜀、而皖粤诸邦，又见三吴开寿宇；元宵张夜宴，有子、有孙、有会元继起，行看五世共华堂。"

第十三章　楹联之法别

构造楹联，虽随时随事，随地随人，各异其法。若就普通联语观之，不外下述数法：

一、标示要点法

楹联之主要点，有双点者，有单点者。其点法又有明暗之别，例如贺女寿联："称觞好醉延龄酒；设帨多簪益寿花。"目的在言其寿。今此联中上下二联均标言其寿，即所谓双点法也。新年联："一年欣有首；四海幸无波。"目的在言其首始。今此联仅点言之于上联，即所谓单点法也。挽友联："学术各门庭，与子平生无唱和；交情同骨肉，俾予后世独伤悲。"目的在哀死。今此联仅点之于下联，亦即所谓单点法也。贺寿联："观书千载近；炼药九仙成。"目的在言其寿长。今此联虽未明言其寿，而读者均能知其属意所在，即所谓暗点法也。又贺寿联："献南山寿；开北海樽。"目的在言其祝寿。今此联明白言之，即所谓明点法也。

二、虚字起首法

联之开始，不以实字而用虚字。例："虽然未得三冬足；也便堪为长夜欢。"以虚字起首作联语，运用自然，精神自见。若牵强硬套，易呈割裂之弊。

三、疑问法

撰联要点，以疑问叙之。例："开口说神仙，是耶非耶，其信然耶？难与外人言也；源头寻古洞，秦欤汉欤，将近代欤？欲呼渔子问之。""既已摩顶庵中，宜守空王戒律；何故画眉窗下，偏学京兆风流。"又有上问下答之问答法，例："先生为何人？羲皇以上；醉翁不在酒，山水之间。"此种疑问法之联语，其长处在含蓄隽妙，不着议论，然作之贵自然，宜深藏不露些少愤气俗气。

四、前后照应法

上下联之声情语气，前后照应。例："登山既有谢公癖；著屐无妨阮子多。"

五、解释法

对于此事或此物须解释言之者，构造时当用普通解释法行之。例："为政戒贪：贪利贪，贪名亦贪，勿务声华忘政本；养廉惟俭：俭己俭，俭人非俭，还从宽大保廉隅。"

六、先后法

全联有先后之可分者，例："先武穆而忠，大汉千古，大宋千古；后文宣而圣，山东一人，山西一人。"

十、一气法

上下联虽两相琢对，事实各异，而其气势声情，则上下一贯。例："合五族四百兆人民；为六洲千万国冠冕。""未得之乎一字力；只因而已十年闲。"

八、状态法

以活现之说法，形容所叙事物之状态，使之活现目前。例："选择使子，乡党自好者，望望然欲洁其身，弗顾也，弗视也；举尔所知，有贱丈夫焉，洋洋乎而罔市利，患得之，患失之。"

九、计程法

以行路计程之术，为构造联语之方法。例："已过半程临古渡；再行三里到新村。"

十、释性法

全联以解释属性法构成。例："火轮船水火既济；木偶像土木同人。"此法运用者甚多，普通见用者为游戏联。

一一、释用法

遇说明用途之事件，以解释用途法构造之。例："虎皮褥盖学士椅；兔毫笔写状元坊。"

一二、释名法

详叙事物释义命名。例："议事称总董，办事亦称总董，总董何价值哉。况以伪总董浑合真总董，董有几总，总无一董，莫可名焉，命之曰懵懂懵懂；教书号先生，唱书又号先生，先生失尊贵矣。若因女先生交结男先生，生未得先，先舍其生，是奚说也，说者谓牺牲牺牲。"

一三、拆字法

将一字添减拆变构成联语。例："细雨沉沉，两沈钻头不出；狂风阵阵，二陈伸脚勿开。""千里为重，重水重山重庆府；一人成大，大邦大国大明君。"此法因难见巧，正式联语用者尚少。

一四、历举法

将事物分别历举其状态。例："发于声，高也明也，悠也久也，有同听焉，斯为美；奏其乐，手之舞之，足之蹈之，若是班乎，可以观。""先圣道并乾坤，博也厚也，高也明也，悠也久也；今皇教同尧舜，劳之来之，匡之直之，辅之翼之。"

一五、择要法

以"先、要"等字，构造联语。例："射人先射马；擒贼要擒王。"

一六、一色法

集同一色类之材料，构造同一色之联语。例："赤面秉赤心，骑赤兔追风，驰驱时无忘赤帝；青灯观青史，卧青龙偃月，隐微处不愧青天。"

一七、叠数法

全联统以数字叠置而成。例："一塔七层八面，万佛千灯；孤舟双桨片帆，五湖四海。""万瓦千砖，百日造成十字庙；一舟二橹，三人摇过四通桥。""三千里外一条水；十二时中两度潮。"

一八、数景法

以类点风景法，历举事物之多少。例："山溪一曲泉千曲；竹径三分屋二分。""水几曲，石几拳，十亩苍烟，快活三生清静福；风之前，月之下，四围红雪，中间一个主人翁。""四面清风三面水；二分明月一分花。""四面荷花三面柳；一城山色半城湖。""两树梅花一潭水；四时烟雨半山云。"此法最宜于题胜等联。

一九、指示地位法

用指示法，将目的物所在之地位指叙明白。例："万里桥西宅；百花潭北庄。""堤畔莺花桥畔月；竹边歌吹柳边舟。"

二十、譬喻法

以彼譬此之法。例："黄河水滚滚而来，文应如是；淮阴兵多多益善，学亦宜然。""学成君子，如麟凤之为祥，而龙虎之为变；德在生民，如雨露之为泽，而雷霆之为威。""湖光似镜云霞热；松气如秋枕簟凉。"

二一、顺数法

依数目之次序，顺流计上。例："七品八品九品，品愈趋而愈下；一集二集三集，集日积以日多。"

二二、成分法

将事实分别成分，构造算题式之联语。例："百无一事可言教；十有九分不像官。""有亭翼然，占绿水十分之一；何时闲了，与明月对饮而三。"

二三、选择法

此为于许多事物中选择一二之法。例："与其私千万卷在己，或不守之子孙；孰若公一二册于人，能永传诸奕禩。"

二四、复字法

全联各句均用同一之字为主要字，字虽见复，而其气则壮而有力。例："回民汉民，多是子民，我最爱民无异视；礼法刑法，无非国法，尔须畏法莫重来。""尽心尽力，未能十分尽职；任劳任怨，不敢半些任功。""为词客，为宰官，为老渔，卅载风尘，历几多人海波涛，才得小园成退步；爱诗书，爱花木，爱丝竹，四围溪水，喜就近佛门烟雨，且营闲地养馀年。"

二五、比较法

将许多事物排列其前后，比较其难易。例："县考难，府考难，院考尤难，四十八年才入泮；乡试易，会试易，殿试更易，二十五月已登瀛。"

二六、叠字法

全联均以叠字构成。例："风风雨雨，暖暖寒寒，处处寻寻觅觅；莺莺燕燕，花花叶叶，卿卿暮暮朝朝。"此法亦多用之于游戏联。

二七、叠词法

全联均以叠句构成。例："松声竹声钟磬声，声声自在；山色水色烟霞色，色色皆空。""名父名翁名女士；大贞大孝大完人。""如冈如陵如阜；多福多寿多男。""佳山佳水，佳风佳月，千秋佳地；痴色痴声，痴情痴梦，几辈痴人。"

二八、乘式法

其式如算术中之乘法。例："洛水元龟初献瑞，阴数九，阳数九，九九八十一数，数通乎道，道合元始天尊，一诚有感；岐山丹凤两呈祥，雄鸣六，雌鸣六，六六三十六声，声闻于天，天生嘉靖皇帝，万寿无疆。""揲灵蓍之草以成文，天数五，地数五，五五二十五数，数生于道，道合元始天尊，尊无二上；截嶰山之筒以协律，阳声六，阴声六，六六三十六声，声闻于天，天生嘉靖皇帝，帝统万年。"

二九、环递法

全联用环转相递之法构成。例："兄让弟，弟让兄，父命天伦千古重；圣称贤，贤称圣，顽廉懦立百世师。"

三十、嵌字法

　　将主要字如人名、物名等嵌入联中。其嵌法，有嵌之于上中下等别，又有仅嵌一字及多字之不同。例如嵌"文""珠"二字："文章先睹原为快；珠玉谁知竟在前。"嵌"月""珠"二字："松风水月清华品；仙露明珠朗润姿。"嵌"德""仙"二字："若非玉阙修来德；应是蟾宫谪降仙。"嵌"勤""教"二字："士勤于读，农勤于耕，工勤于艺，商贾勤于执业，一事可资生，族少遊闲，便是兴隆气象；祖教其孙，父教其儿，兄教其弟，伯叔教其犹子，百年思式榖，堂瞻名义，勉为孝友人家。"此法看似容易，实则甚难。盖嵌之得体，天衣无缝，上口自然；若稍行生硬，势必上下牵强，显然突出。此等联多应用于商店嵌店名，或赠妓联。

三一、句韵法

　　全联各句之末字，各押以同一之韵。例："不仕而通，不商而丰，不休养而寿终，百福攸同，非全德莫膺天宠；于家能孝，于国能报，于友朋能信导，九原虽渺，惟斯人可以神交。"

第十四章　学联之注意点

一、预集材料

联中之事实，最为重要。未下笔前，须将应需之事实，收集齐全，加以抉择；既着墨，当一气呵成，不稍断间。庶构就之楹联，材料既精，气势又足，神采奕奕，生动自然；否则临笔强思，东拼西凑，牵强空浮枯窘之弊，势必难免。

二、引典合时

需引之典故，事前须先审察其是否能与现代时宜相合，切勿随便妄用。例如中国今为共和之国体，引用典故，当顾及此时之国体趋尚。若妄引旧日君主阶级时代之事实，纵使属对精工，于时终属非宜。

三、引典贵明

引用古人，能只称其姓或谥或居地，使阅者咸能明白不疑者，则姓之、谥之、地名之；否则，宜用人人共知之真全姓名为妥。

四、立言合理

立言须事理、论理双方并顾，切勿徒重字面之相对，平仄之调和，对于事理、论理，置之不问。

五、立意忌凡

有不凡之意思，然后有不凡之联语。故欲求所构之联语有不凡之气概，须先求有不凡之立意，而后徐图措词淡雅，汰除尘俗。

六、措词含蓄

用意含蓄之联语，读之觉余味无穷，百读不厌。欲联语有含蓄之气象，能令读者移情，当于措词之际，将所欲言之深情厚意，暗藏于字里语间。若直言道破，无令人思索之必要，则其联不为人欢迎也必矣。词须含蓄固矣，惟其语气，须令人思索而能明，方为上乘。苟一味暗藏，词晦意涩，使人无由明思，是亦当所力避者也。

七、包括一切

联语为字虽少，而其表示，则当包括一切，面面俱到。欲达此目的，于构思时，当由大处、总处着想，即以每事举其大端，或言其一，余可不言而喻。否则事无巨细，欲尽纳于简短之一二言联语中，殆大难事。

八、短者学起

学作联语，初宜由二三言短联入手，俟二三言学有门径，然后继之以四、五、六、七、八……等言，由短而长，由简而繁，循序渐进，成效易期。否则对于各种规则，未经谙习，遽学长联，难免躐等颠踬之弊。

九、适合实际

形容事物与人等之情状，须与其固有之实际相合。若言过其实，不称其分，不惟联无价值，即作者之人格，恐亦有所亏损。

十、勿笼统其言

为此人此物作联，当由其特殊处立言，庶所成之联

语，只能用于此人此物，不能移用他处。若作联语，既可
用于此，又可移用于彼者，盖犯立言笼统，不由其特殊处
设想所致。

一一、借点匀称

作题胜联语，以本地之古人事实借作点缀者，当上下
匀配，铢两悉称。

一二、句意勿重复

联中之前后句意，不可稍有重复。

一三、描写宜细密清淡

联语之描写，当景中含意，事中嵌景，细密清淡，最
为上乘。至庸疏雕巧之习，宜留意切戒。

一四、嵌字须自然

联语有每句各嵌以数字者，须妙合自然，不稍生强。
否则非特不能见胜，反致弄巧成拙。

一五、词宜庄重

无论何联，其措词当严慎庄重，不涉轻佻。

一六、长句宜挺

联语之长句，作之甚难，既须对仗工妙，又须自然挺劲。

其他应注意者，为长联及集句。盖长联最不易着笔，着笔时须气势充足，措词圆转如意，清丽可诵，切勿碓砌支离，句调似时文。例：

经纶侔旦奭，是圣清亿万年有数名臣。试看坐镇东南，威扬夷夏，融和新旧，力转乾坤。洎八国启兵端，决策纾筹，半壁尤资保障。溯当日鞠躬尽瘁，由封疆入秉钧衡，竭忠而佐先皇，率属而扶幼主。值此竞争时代，缔造艰难，惟受命元勋，实全局安危所系。胡乃昊天不吊，柱石偏倾。揽辔涕纵横，遥知四野呼号，泪雨滴沉京洛路。

韬略愧冯岑，沐我公卅五载非常优遇。忆自枕戈狼孟，近侍襜帷，随节龙江，久依杖履。迨两湖开帅府，分符授钺，菲材并效驰驱。念深宫变法图强，更营制以修边备，选士荆襄之域，会师皖豫之郊。方期整饬戎行，扫除敌寇，俾耆龄枢相，睹熙朝气象中兴。迄今愿望虚存，台星忽陨。抚棺肠欲裂，惨听三军痛哭，悲风倒卷楚江潮。

集句者，集聚古书、古人之成语而成；不知者，往往视此集句作联，较之倡造者为易，实则有时或较倡造为难。盖自造语句，可以随我所欲，自由构思，不受丝毫拘束；集人成语，凑巧遇机，语与思而俱来，虽长至数十百字，可天衣无缝，不辨其为成语集成，稍不自然，即前后断续，生强显然。故当集制时，第一须凑合自然，不露痕迹；第二须成语适能表示我意。外此，所集之成语，宜以通俗易明为尚，切忌生僻不经见。

第十五章　楹联之种类

楹联之种类：由其形式上言之，有四言、五言、六言、七言、八言、九言……等之别；由其实质上言之，则有庆贺、哀挽、时令、题胜、园林、第宅、商业、农业、工业、舟楫、桥梁、宗祠、神庙、学校、时事等之不同。兹分别举例，并略述其特殊处与构造法。

一、形式别

(1) 四言联

四字构成之联也。第三字当特别响亮而有精神。语气有前二字读作一逗〔顿〕① 者："梁间燕语；簾外莺啼。"有首字读作一逗者："仗、三尺剑；弹、五絃琴。"此四言联中，虚字用之甚少，全联由二种以上之词性组成，用同类词构成者则无之。以下各联均如是。

---

① 为求显豁，此处区分顿、逗，并分别用"、""，"标示。——整理者

（2）五言联

五字构成之联也。普通第三字最为重要，下字当响亮而有精神。语气有前二字读作逗〔顿〕气者："细雨、鱼儿出；微风、燕子斜。"有首字读作一逗〔顿〕者："道、因时以立；理、自天而开。"

（3）六言联

六字构成之联也。第三字或第五字，宜择用响亮者为要。语气有首字读作一逗〔顿〕者："有、打瞌睡豪杰；无、不读书神仙。""开、琼筵以坐花；飞、羽觞而醉月。"有首二字读作一逗〔顿〕者："用笔、似钟太尉；能文、如沈尚书。""正欲、鲸吞四海；何愁、虎视一方。"有每二字读作一逗〔顿〕者："好学、力行、知耻；入孝、出弟、亲仁。"有每三字读作一逗者："谋于野、学有获；修之家、德乃长。"

（4）七言联

七字构成之联也。最当响亮而有精神者为第五字。语气有前一字读作一逗〔顿〕者："看、巧匠无双手段；博、儿童镇日嬉娱。"有前二字读作一逗〔顿〕者："人品、比南极出地；此心、如明月当天。"有前三字读作一逗〔顿〕者："小窗前、数声鸟语；短墙外、几点梅花。""里有仁、何须木铎；思无邪、不用桃符。""春来也、鱼龙变化；时至矣、桃李芳菲。"有前三字各读作一逗〔顿〕者："松、竹、梅，岁寒三友；桃、李、杏，春风一家。"有全联读作一气者："当官期于物有济，凡事求其心所安。"

(5) 八言联

八字构成之联也。其中应行响亮之字为第五字。语气或分上下两节，上节为上四字，下节为下四字。其对之也，多各自为对："银汉三星，蓝田双璧；人间巧节，天上佳期。"其叙事，有前半叙一事，下半另叙一事者："柏叶为铭，椒花作颂；龙缠〔躔〕肇岁，凤纪书年。"有前半明点要旨，下半引伸引譬者："甲子重新，如山如阜；春秋不老，大德大年。"总之八言联，普通多将每联分作上下二气，其间不同者，仅分其所述者是一是二耳。一者："宜尔子孙，受德之祜；使君寿老，与福相迎。"二者："山水怡情，鹿门望重；诗书娱目，鸿案眉齐。"

(6) 九言联

九字构成之联也。下字最须响亮者为第四字或第六字。此九言联语，大率分上下二截，或上三字为一截，或上四字、上五字为一截。故其语气有前三字读作一逗者："清夜中、自认贞邪面目；良知上、能分人鬼关头。"有前四字读作一逗者："削木引绳，师公输之制；毁方合瓦，是埋人所同。"有前五字读作一逗者："静处也闻香，梅其知我；寒中犹觉暖，春却多情。"外此有全联读作一气者：
"淑德与陶长沙母相似；令子是班定远侯一流。"

(7) 十言联

十字构成之联也。其中之第四字或第五、第七、第八
等字最关重要，下字宜响亮。形式有分前三字为一截，前
四字为一截，前六字为一截等。故语气有前四字读作一逗
者："橘井杏林，大有活人妙术；玉函金匮，无非济世良
才。"有前六字读作一逗者："圣化重新俎豆，吾道南矣；
书林复古宫墙，文在兹乎。"

十言以外，为体尚多。总之，联语随人意之多少而定
其长短，至其句法，十言以外诸联，与十言以内者，大致
相同，所异者，仅意之多少、体之长短耳。各联中之用
字，固当依守平仄，而其重要处及联末之第二字，宜较他
字略为响亮。

二、实质别

(1) 庆贺

庆贺分寿诞、婚姻、生子、营造、乔迁、毕业等。

(甲) 寿诞

祝人寿诞之联语，其立意率多言其寿长，或子孙众

多，或志行高洁，或学术精深，或才能出众等。虽然，颂祝之辞，当与其人之身份相称。例如以古人相比拟时，须先审被比者之身份，是否能与此古人相仿，以此古人比之，是否能当之不愧。如是，则受者得以无愧，送者获免贡谀之诮。若拟不于伦，受者固愧而不安，送者亦难免人格之亏损。

称觞祝寿，为吉祥之事。贺联不惟当有欢愉之意，即其所用之字面，亦以积极者为尚；彼消极之各字面，概当避忌不用。

祝辞除男有男寿、女有女寿之口气外，祝者与被祝者之关系，亦当显然流露其间。例如祝叔父寿，当有叔侄关系之口气；祝岳父寿，当有翁婿关系之口气；其他亦然。

被祝者有特殊之职业者，当提述之。例如被祝者为某商，此某商之职业，可提述于祝联中。其他若文人、军人等，亦如之。

被祝者之年岁、生日等，可构入联中，藉表真切。但构入须自然，不可稍现生强硬砌之痕迹。

祝联中欲叙及己之情状，可独占一上联或一下联。例如上联颂祝人寿，下联叙己之情状，或上联叙己之情状，下联颂祝人寿。

（a）男寿　祝男寿联，其立意，简单言之，不外福寿及功绩等项。"福禄光明，使君寿考；吉善久永，宜尔子孙。"此祝其福寿也。"天生以为社稷；人望之若神仙。"此祝其功绩也。

（b）女寿　祝女寿联，以吾国国情，向以丈夫或子孙之富贵尊荣为己之富贵尊荣，故除言其淑德、贞贤、寿长外，言其富贵尊荣与否，多涉及其丈夫或子孙。"乃冰其清，乃玉其洁；如山之寿，如松之贞。"此以其清贞寿考等为祝也。"称觞好醉延龄酒；设帨多簪益寿花。"此以其寿为祝也。"一品太夫人，备三从四德，五世同堂，恭值二宫齐介寿；六旬都御史，统七宾八师，九畴献福，欣逢十月好称觞。"此以其夫贵为祝也。

（c）双寿　双寿者，夫妇二人同时称觞也。作双寿联语，立意须双方兼顾。普通或上联祝男，下联祝女："南极星辉牛斗度；北堂萱映凤凰枝。"或混合祝之："蓬岛真人，瑶池仙子；家庭全福，天上双星。"双寿亦有切时令及年岁以为颂祝者："月圆人共圆，看双影今宵，清光并照；客满樽俱满，羡齐眉此日，秋色平分。"此切中秋时令以为颂祝者也。"德行齐辉，一门聚庆；福畴大衍，百岁同符。"此切五十年岁以为颂祝者也。

（乙）婚姻

婚姻联语，大概夫妇并重，惟率多上联贺男，下联贺女，其以之为材料者，为"男才"、"女貌"、"两美相称"、

"夫妇偕老"、"夫妇和协"、"夫妇恩爱"以及将来之"多子多孙"……等。外此尤多加入时令以为颂祝。

婚姻之当事人，多为青年，故贺婚之联语，须为欢愉之语气，用典不称其年华，在所当避。从来婚联之典故，率多取之于《诗经》。

当斯男女平权、新旧交替之际，措词不可重男而轻女。造意视男女两方程度以及结婚仪式之新旧而定，新者从新，旧者暂从其旧。

形容夫妇情感，宜庄严而流利，浑成不露，雅而不俗，不可稍形恶谑。如："放开肚皮容物；立定脚跟做人。"致成秽亵轻薄之气象，殊失作者之人格。

贺婚联语，虽对于无论何人，概主称颂，而其语气，当视送者与受者之关系而各别。平辈者，用平辈之口气；幼辈、长辈以及亲戚、朋友等，分别用其对幼、对长、对亲戚、对朋友等之口气。切勿辈分不清，关系混淆。

贺青年婚姻与贺年长续婚，措词宜有区别。青年注重其少年时代可贵之气象，年长者注重其老成可敬处，续婚者则由其续婚上立言。

贺婚有送琴联者，有送堂联者。此二联，虽其贺意相同，而其立言措词，稍有区别。琴联普通由"洞房"、"情感"等方面设想，务使新婚情感流露于词外，且以其所悬地位较为低小，故词句率多简短。堂联则由婚姻之大处立意，语气堂皇，不涉儿女情谈，词句亦较琴联稍长。

　　婚联以时令为颂祝，资料甚佳，但须适切。彼适切之资料，又须有能作颂扬之价值。

　　（a）正娶　词旨或由其成婚立言："且看淑女成佳妇；从此奇男已丈夫。""鸳鸯对舞；鸾凤谐鸣。"或言其情好及后世之昌："百年歌好合；五世卜其昌。"或形容婚家之房屋："绣屏金作屋；甲第玉为堂。"或形容结婚时之花烛情状："香掩芙蓉帐；烛辉锦绣帏。"或借物形容其夫妇："玉楼巢翡翠；金屋锁鸳鸯。"或言其婚日之情状："杯交玉液飞鹦鹉；乐奏瑶笙引凤凰。"或形容其情感浓厚："百和注香消永昼；几回絮语伴清宵。"或言其夫妇贤德："温良恭让本能知，才人佳配；贞静幽闲全淑德，君子好逑。"或进友谊之忠告："士君子爱敬常怀，莫把新婚移少慕；大丈夫治平有待，还将正始验齐家。"

　　（b）续娶　此类联语，不外由其"续"字设想，并颂美其所续之贤德："鸾胶新续推双美；凤翼齐飞庆百年。""鼓瑟鼓琴，弦更张时风亦韵；宜家宜室，镜仍合处月同圆。""再看调羹初洗手；从新举案定齐眉。"

　　（c）嫁女　其措词率多颂其获选佳婿、宜其室家等为主："于妇好咏宜家句；往送高歌必戒章。""芼其藻蘋，礼崇著代；花如桃李，诗咏于归。"

　　（d）赘婿　以喜被中选等为措词；"选获乘龙，

音谐引凤；射欣中雀，喜溢鸣鸾。""饭具胡麻，仙姝情重；屏开孔雀，娇客才高。"

（丙）生子

生子为可喜之事，故贺人生子，除赠送物品外，又有撰联以颂贺之者。颂贺联之立意，普通多言其种德添喜、预祝发达等："弄璋欣有喜；产凤庆生辉。""积德累仁，先世栽培惟福善；玉麟丹凤，后昆光耀显门楣。"或借物颂扬："世德征麟趾；家声毓凤毛。""海上蟠桃多结子；月中丹桂复生枝。""庭前兰吐芳春玉；掌上珠生子夜光。"或以时令为颂祝："净地月明生秀草；芳阶风煖长兰芽。"

贺双生联语，当由其双生二字着想："玉树蓝田征合璧；树栽碧海喜交柯。""两美同生，祥开适达；一李竞秀，誉迈郊祁。"

贺生女联，大致与贺生子联相同，惟其重点，则在形容其女之可贵。生孙亦与生子相同，所异者，语气间当有子、孙之别耳。

（丁）营造

营造人家所乐闻愿受者，为颂其地址之佳妙，福星之照临，栋梁之高大，装饰之美丽等。故贺营造之联语，当由此数项着想："南山户对开黄道；北阙门迎照紫微。""映日门庭增气象；接天梁栋起氤氲。""画栋倚云昭大壮；

华堂映日焕中孚。""坚贞瞻柱石；巩固庆苞桑。""堂构初成千载业；垣墉已筑万年基。"

（戊）乔迁

迁居上之所重者，为地位、屋宇等。故贺乔迁之联语，有颂扬其所迁地之佳胜者："莺迁上谷；凤集高冈。""出谷来仁里；迁乔入德门。"有颂扬其庭物四邻者："庭生玉树；地接芳邻。"有颂扬其获福者："凤振高冈，千祥鳞集；莺迁乔木，百福骈臻。"

（己）毕业

入校肄业，修学期满，成绩及格，学校予以毕业。不及格，仍留校补习，故毕业亦为一可喜事，俗有撰联道贺者。其立意，有混合道贺及分别程度道贺二种：前者只言其毕业，学问之优良，不别其为何程度也。"科学精研，学成待用；古今融贯，日进无疆。"后者则多区别其毕业程度："发轫自龙门，此日推邑中翘楚；出群夸骥足，他年展天下奇。"此贺小学毕业也。"为学譬登山，拾级中途，会见搏风凌绝顶；设科似观海，潜心深造，预期破浪得津涯。"此贺中学毕业也。"洋洋乎大观，造端格致，归宿治平，中外学兼优，策对天下夸独步；恢恢有馀裕，雅度珪璋，清标珠玉，古今才足式，声蜚瀛海冠群英。"此贺大学毕业也。"储军事才，为国民卫；振壮夫气，称欧

亚风。"此贺陆军毕业也。"横海伏波，追踪汉杰；乘风破
浪，振起国威。"此贺海军毕业。

(2) 哀挽

哀挽者，对于其人表示悲伤情感之文字也。善表真情
者，写来满纸悲痕，字字见泪，虽毫无关系之人读之，亦
不觉对之起无穷之同情。此类联语，虽无论挽何人，表示
悲伤则一。而其悲伤之语气，当视其关系之如何而有别
异：对长当有崇敬悲伤气，对幼当有怜惜气，对平辈当有
平等哀悼气，对子女当有痛苦气。死者之德泽，足为群众
模范者，以举世共哀之语气哀之。其学术足以光荣一界
者，以阖界共悲之语气哀之。其功业能惠及千古者，哀之
也，宜有千古共哀之气。曾与我同事者，得嵌叙其当时相
与同事时之情状。其他若同学共居，以及其幼时偕游、某
年在何处邂逅者，亦如之，藉表关系而深悲感。此悲感之
气，虽宜形容尽致，然能自然流露于字里句间，令人屡读
而其悲感益觉不穷者为贵。

挽联中恒有上联叙述对面人，下联叙述己之情状；或
上联叙述己之情状，下联叙述对面人者。此乃自然之联
想，所谓伤心人遇伤心事，益见其悲伤也。

挽联可叙及死者之生年死月以及病状等，藉表适切而
免空泛。"逾五旬又三龄，福海添筹，子舍春荣萱树荫；
先重阳刚七日，仙山证果，申江秋咽茑萝悲。""数年来会

务追随，末议得常参，方期謦欬时亲，教育共同研究；两日间病情变幻，沉疴遽不起，岂仅交遊深悼，遐迩咸表哀思。"

挽联有以其死时所有之景物为弔挽者："大雅云亡，绿水青山谁做主；高风安仰，落花啼鸟总伤神。"此以春日之情状为弔挽者也。

个人之挽语，字句间当具个人哀挽之之语气。团体者，则当具团体哀挽之语气。彼为挽之资料，个人关系略小，团体则宜由其大处着想。"长教育会三秋，精心擘画，尽瘁不辞，方期化俗牖民，全邑共沾君子泽；主师范科数载，热念弸张，诲人无倦，讵料积劳致疾，盛年遽作道山遊。"此嘉定县教育会挽会长秦朗蟾联也。

挽壮年与老年人，其悲伤之口气，当各有别。挽壮年人须痛惜其夭亡，挽老年人悲不再假其年；至于福寿人，则但说其福寿亦可。

悲伤意寓之于言词间者为上，若直言而道，反不能动人。

挽联贵适切，忌空泛。彼只言死亡，不及其他之联语，如"骑鲸去后行云黯；化鹤归来霁月寒"等，人尽可用，安足言哀。

（甲）男挽

普通多由其功德感情以及家庭等面设想。前者如悲其直接惠人，间接训人；中者如悲良友云亡，无复叙首谈心，相与切磋；后者如悲其妻子无依，父母悲伤。而其语气，有直道其悲哀者，有暗寓其哀思于无穷者，更有怨彼苍天者。

挽年高者，当有尊长颂德气。"事业已归前辈录；典型留与后人看。"或言其惠及子孙："完来太璞归天地；留得和风惠子孙。"或言其子孙贤良，得善其终："蒙二爻有子克家则吉；箕五福得考终命而全。"挽壮年，或言其贤而不寿："气数不言仁者寿；性情独见古之愚。"或言其未遂大志："人间未遂青云志；天上先成白玉楼。"或只悲哭其不寿："慧业几生修，梅瘦冰清，如此多才胡不寿；残魂九泉渺，枫青月落，纵教入梦也吞声。"

（a）挽友　友有普通友、知友、老友等。普通友以普通之情谊挽之："大雅云亡，风悽紫陌；哲人其萎，雨泣青郊。"知友以深重之情谊挽之："廿载契何如？犹觉兰言在耳；三秋悲永诀，那堪楚些招魂。"老友则以老友之口气挽之："鹤算近八旬，忆往秋白下来遊，瞻拜丰神，杖履逍遥钦矍铄；燕谋贻四代，想此日红尘谢却，昭垂里鄘，梓桑恭敬式仪型。"

（b）挽兄弟　此类联语，最宜真切，以手足之痛，不比寻常也。"云路仰天高，谁使雁行分只影；风亭悲月冷，忍教荆树萎连枝。"

挽兄弟联，设父母俱在时，有提及双亲者："霎

时布被单寒，且忍泪看人，慰堂上双亲年迈；昨夜池
塘一梦，最伤心此事，问庭前孤子谁怜。"父在母殁
时，有提及其死母者："得见阿母，愿化碧血；那堪
吾曹，顿亡白眉。"父殁母在时，有提及其生母者：
"缘尽先离，伤心卅载荆枝，漫说来生还有约；事多
未了，回首七旬萱荫，敢言已死便无知。"

（c）挽侄　以叔侄间之关系叙叔侄间之情绪苦
痛："于诸侄中特见精能，废读争名，时难年荒非得
已；嗟伯氏老迭遭变故，冷官薄俸，妇孀孙稚倍难
堪。""其信耶，其梦耶，祭十二郎文，同兹浩叹；有
私乎，无私乎，念第五伦事，愧余生平。""岂天道有
茫昧而不可知者；以吾兄之盛德而夭其嗣乎。""别室
具铜盘，期汝从容光素业；中庭摧玉树，愁余迟暮哭
穷途。"

（d）挽甥　痛叙甥舅间之关系："天道何知，不
许阿奶留李贺；神仙安在，翻教老泪哭羊昙。"

（e）挽门生　此类联语，以师生情谊自然流露于
词里行间者为贵，而其资料，以师生间已往之事实为
主："往日列门墙，最怜年少美才，常指青云期远到；
朔风吹噩耗，顿触老人旧感，重回白首忆前遊。""与
子十年交，忆晴窗共暑，雪案同寒，恍如春梦多时，
可叹壮心今已矣；别余两月许，望岭外白云，树边黄
叶，几欲废书三叹，何堪老泪此潸然。""尔安归乎，

竟不顾少妇娇儿，终朝聚泣；我犹父也，何忍对凄风苦雨，冷夜招魂。"

（f）挽母舅　立意之主要点，在叙甥舅间之关系，兼可叙述己之情状："天边忽陨少微，从今小草无知，奚所瞻依成宅相；地下若逢先父，但说灵萱尚健，莫提坎壈到孤儿。""晋重耳车马长辞，神伤渭水；谢安石室庐依旧，泪洒州门。""有泪洒州门，千古白眉增太息；无才成宅相，廿年青眼益酸辛。"

（g）挽岳父　岳父为妻族最亲之人，恩义较之生父，稍差一等，故对之有半子之称，死后挽之，宜由此关系上设想："分忝馆甥，愧未乘龙先绛璧；恩多泰丈，忽看骑鹤上瑶京。""公不少留，风木伤心分半子；吾将安仰，音容回首隔重泉。""浮白自惭苏子美；垂青空忆杜祁公。"

（h）挽太岳　挽太岳父之联应具备之条件，第一当有孙婿之口气，第二当以悲伤祖父例悲伤之："北斗翘瞻，愿效陈诗歌祖德；东床幸选，忍陪捧砚泣孙行。""撰杖比孙行，岂第亲承，长仰须眉如太古；安神宜佛土，熙怡晏坐，久知乐地胜诸天。"

（i）挽业师　立意以平时之恩义及悲失指导人等为主："大道为公，徒存手泽；因材而教，顿失心传。""萎矣哲人，无复典型式我；迥然名德，待看福报自天。""面命只今无一语；心丧未可短三年。"

　　（j）挽亲家　亲家者，子之岳父母、女之翁姑也。挽之，普通以婚姻关系者为多："论年齿宜兄事，论婚媾是亲家，忆日前话别依依，何意重来失良友；以道义式乡闾，以实学导后进，与门下谈文娓娓，所欣继起有佳儿。""同谱订朱陈，方幸向平愿了；齐名有轼辙，何期苏老仙遊。"

（乙）女挽

哀挽妇女，最难出色。盖挽联最贵一联有一联之特色；欲一联有一联之特色，须集收其平生特具之可挽材料；斯特具之可挽材料，男子收之为易，妇女则以中国旧习深居家中，只有家内职务，特色事不易发生，不易收集；但挽之不能以其不易收集，即不收集，当于构思时，细按其生平之言行而为特殊之抉择。普通挽女之资料，为淑德、母仪以及内助勤劳、子贤母贤等。形容其贤良之字面，如"贤母"等；形容其死亡之字面，如"北堂萱萎"、"宝婺光沉"、"绣阁花残"、"妆台月冷"、"绣帏香冷"等。

　　（a）挽友妻　普通之友，以普通之友谊挽之，但亦不可过于空泛。"小疾竟难疗，夫婿重占炊臼梦；老怀殊有感，蹇修曾作执柯人。""相夫子持家，任其劳不任其福；遗儿孙治命，止乎礼更达乎情。""其夫贫而乐，妇可知矣；有子贤且文，母何恨欤。"

　　（b）挽嫂　叔挽嫂宜以嫂之贤能为挽："冢妇奉

姑嫜，早年家政亲操，迨翟茀分荣，十载清风资内助；佳儿贻娣姒，指愿云程可步，怅鸾鞲遽发，一轮凉月泣中秋。"如兄殁挽嫂，往往提及其亡兄："嫂尝有离鸾别鹄之伤，今傥重逢泉路；我方抱断雁惊鸿之痛，奈何又送丧车。"兄在挽嫂，往往道及其生兄："嫂来归，我甫九龄，回首当年，相依真如母；病不起，今止一月，伤心至此，何以慰吾兄。"

（c）挽侄女 以家庭中情况与死者生平之情状等为立意："幼失恃，长失怙，蓼辛荼苦，半世备尝，喜汝妇职能勤，井臼亲操，勉拨劫灰延旧泽；夫在外，子在抱，破壁寒灯，一朝溘逝，值我兄丧未葬，哀伤迭搆，惨挥老泪对西风。""天者诚难测，神者诚难明，冀汝有家，客去南方常记忆；病我不知时，殁吾不知日，终年待嫁，书来东野剧悲哀。"

（d）挽侄妇 撰此类联语，须与其情状切合，方不空泛："三千里蒙难而来，最堪伤母族凋零，夫家飘泊；七十日弥留不起，问谁视膝前乳哺，堂上羹汤。"

（e）挽岳母 挽岳母之联语，立意与挽岳父大致相同，所别者，一说其婿岳之关系，一说其婿与岳母之情义耳。"获选喜乘龙，犹忆东床初坦腹；遊仙悲驾鹤，那堪北堂杳慈颜。""淮海托慈云，窃期半子缘深，长与联珠同鹤舞；湖山沉爱日，犹忆四明归早，得教弄玉馨乌私。"

（f）挽义母　义母者，受恩若母之人也，挽之，当以恩义方面设想为是。"早岁痛莪蒿，感频年兰砌相依，心同保赤；比邻悲薤露，恨此日萱堂倏萎，目断垂青。"

（g）挽乳母　乳母者，儿时受哺保护之人也，受恩之大，较之生母，仅少怀胎十月耳。"一饭尚铭恩，况保抱提携，只少怀胎十月；千金难报德，论人情物理，亦当泣血三年。"

（h）挽舅母　叙述甥与舅母间之关系："小子辄四方奔走衣食，问讯有亏，而今蕙帐风凄，莫补外甥蹑履礼；贤母以中年事故感伤，遘成斯疾，刚值兰盆会建，惨闻舅氏悼亡诗。"

（i）挽节妇　以洁守闺门、贞全妇道等挽之。若有贞节之事实者，则显叙之："洁守闺门，一生节与冰霜励；贞全妇道，千古心同日月明。"

（j）挽外祖母　叙之以外祖母之情义，出之以隔代之口气："想外公亦越古稀，每听阿母长号，转使老人多流涕；念吾父应从地下，倘问诸儿近状，为言宅相恐无成。""母教溯来源，方欣祖竹秋高，日日平安传两字；孙行幸忝附，讵料灵萱霜冷，凄凄涕泪泣重慈。"

（k）挽烈女　烈女者，守志不屈之女子也，挽之，除叙述其守志不屈之情状外，当有励人励己之钦敬表示："烈志抱图，兰帏春寂；坚心化石，菱镜尘封。""闺中人何谓未亡，要共识伦常大义；天下事最难一死，莫错认夫妇痴情。"

（丙）合挽

夫妇二人之死期，相去甚远者，可合挽之。合挽联语，普通多以夫妇偕老、生死同年等之巧遇为资料："倡随到六十年，白发苍颜，已届耄期重合卺；考终完九五福，年头腊尾，未逾旬日两仙游。""恩怨两忘，公能富，公更能贫，白发萧然，破镜残书过七秩；始终一德，母同生，母且同死，黄泉何处，空堂暮雨泣双棺。"

（3）时令

时令联者，标示时令为主之联语也。例如元旦联，词句间标示元旦日之情景，悬之既足标示今日为元旦日，又足为变换时期之点缀品，作之有直道及暗示二法。二法之中，后者为贵，而后法之能佳与否，则视其暗示之时令能否确切，词句能否顺利为断。至其措词，当有阔大积极等之气象，庶足怡悦性情，图励进取。若稍寓消极，虽亦例所不禁，要为个人一时愤慨之语。常悬四壁，不惟个人时兴悲感，即旁人见之，亦难免以之而减兴。

时令中最足纪念者：为"春"、"元旦"、"元宵"、"端午"、"中秋"、"重阳"、"冬至"、"除夕"、"双十节"以及国定各革命纪念日。

（甲）春联

此类联语，以"淑景"、"日长"、"春晖"、"回元"、"气象新"等为资料。此项春联，最宜上下二联同行标点："红入桃花嫩；青归柳色新。"否则至少须有一联着点："民和五族文明盛；运启三阳景象新。"点法有形容草木状态者："花脸如知迎客笑；柳眉先已向人舒。"有形容动物者："春融日胜莺声丽；昼静风来燕语频。"其他有以气象动作等为标点者。总之春联一项，作之须有草木向荣、青年竞进之景象，若腐败、耗丧、悲伤等，宜力避之。

（乙）元旦

元旦联与春联，稍有区别。元旦联以形容元旦情状为主，春联以形容春情为主。民国以来，中国元旦有二，机关已遵用阳历，余多犹从阴历。阳历元旦，普通以形容阳历点缀春状为措词："天道本循环，正朔合推阳曜定；国民同鼓舞，春光好共物华新。"阴历则以阴历情状为措词："建寅古朔仍遵夏，圻甲新机共乐春。"

（丙）元宵

元宵为旧历正月十五日之夜，月圆光耀，人民例有灯烛花爆鼓乐等之庆乐。元宵之联语，普通多由此立意。形容月色者："兔魄连银海；鳌山接紫微。"形容灯月者："明月千门雪；银灯万树花。"形容灯与解除禁令者："火树银花合；星桥铁锁开。"形容花灯者："花市千门月；灯衢万里春。"形容笙乐者："笙歌声沸长春地；星月光回不夜天。"形容元宵时之人民兴致者："谁家见月能闲坐；何处闻灯不看来。"形容撰构时之时世者："龙烛风灯，灼灼光明全盛世；玉箫金管，雍雍齐颂太平春。"形容元宵夜须及时行乐者："庆此良辰，任玉漏催更，还须彻夜；躬逢美景，不金鱼换酒，更待何时。"

（丁）端午

端午联之措词，须有清壮气象，普通常用为点缀之资料者，如"榴花"、"蒲艾"、"角黍"、"竞渡"、"钟符"等。"榴花彩绚朱明节；蒲叶香浮绿醑樽。""海国天中节；江城五月春。""绿艾悬门添彩色；青蒲注酒益芬芳。"

（戊）中秋

中秋联不外形容其夜之月光，以及吾人对于是夜之情状等，而其措词，须光明洁净："玉轮光满大千界；银汉秋澄三五宵。""冰壶含雪魄；银汉漾金波。""霓裳舞罢终宵朗；玉女歌残彻夜辉。"

（己）重阳

重阳时最堪玩赏者，艺园中为"菊花"，农田中为"稻花"，人民之行乐为"登高"，应时之食品为"重阳糕"。撰此联语应具之重要材料，不外上述数种，而其措词，当于暮景中稍寓清挺之气象："黄菊傲霜村酒熟；柴门临水稻花香。"

（庚）双十节

双十节者，十月十日之国庆日也。联之或叙起义地及庆祝共和："风云怀武汉；日月颂唐虞。"或言其民气伸张："上国观光，四百兆大伸民气；良辰纪念，亿万年永固邦基。"

（辛）冬至

冬至为一阳再生之季候，作此季候之联语，多以形容一阳再生之情状。"天心瑞气占爻复；地轴阳回卜岁丰。"而其措词，宜有死灰复燃气象。

（壬）除夕

除夕为一岁之末日，且为腊尽春来之际，人事结束之期，故除夕之联语，当有除旧布新之景象："寒笳送尽人间腊；晓角吹回雪里春。"

此外又有嵌入干支以示岁名者，例如甲子年，则嵌入

"甲子"二字："忠信为甲胄；诗书遗子孙。"

（4）题胜

游览名胜，兴之所至，胸有所感，赋诗撰联，以留鸿爪，为古来文人之惯性。普通撰联题胜，有"叙景"、"怀乡"、"写感"、"关时"、"解脱"、"溯源"等法。

叙景，或由其入处纪叙："出西州门迤逦而来，看桑麻遍野，花柳成蹊，十万户重睹升平，遗爱难忘，白叟黄童齐堕泪；与中山王后先相映，幸湖水波恬，石城烽靖，五百年允符运会，大名并峙，衮衣赤舄更图形。"或叙路径及比较："好水好山，出东郭不半里而至；宜晴宜雨，比西湖第一楼何如？"或叙因物添景："春水绿连瓜步树；夕阳红映蒜山楼。"或叙胜状："片云穿峡石；飞浪到天门。""岭树湖云沉足底；江潮海日上眉端。""江河俯看杯中泻；钟磬声从地底闻。"或由景中兼叙其热闹："独上高楼，是山色湖光胜处；谁登画舫，正清歌美酒酣时。"或叙景而兼劝游："春满苏城，莫辜他烟柳山塘，晴波画舫；客来吴市，最好是麹尘走马，柑酒听莺。"或用普通文法叙述风景："且作鸱夷子，泛一舸，隐青溪，记从漓水而来，探青龙、飞云、牟珠诸名胜，已觉神怡目骇，那知更有蓬莱，到此狂歌，甲秀楼高容我卧；肯让鄂西林，向两间，撑铁柱，溯平苗疆以后，得北江、芸台、邵亭三先生，大开酒国诗坛，留下无边风月，何人洒墨，南明湖上把桥题。"

　　怀乡者，因游胜而怀念故乡也。以此法题胜，措词须感慨动人。"凭高吊幽国英灵，任千古江潮，淘不尽孤忠魂魄；揽胜忆滇池杰阁，对八公烟景，问何如故里河山。"

　　写感者，写述游览时胸中所有之感慨也。"千万劫危楼尚存，问谁摘斗摩天，目空今古；五百年故侯安在，使我依楼看剑，泪洒英雄。"

　　关时者，题胜而关及时事也。"我本楚狂人，五岳寻山不辞远；地邻邹氏邑，万方多难此登临。"

　　解脱者，于写景中作解脱语也。"菩提也具热肠，泉水何尝着意冷；世界分明实地，此峰怎见是飞来。"

　　溯源者，写述此胜之由来也。"遗构溯欧阳，公为文章道德之宗，侑酒传花，也自徜徉诗酒；名区冠淮海，我从丰乐醉翁而至，携云载鹤，更教旷览江山。"

　　题胜迹之联语，贵豪放壮丽。如："长啸一声，山鸣谷应；举头四顾，海阔天空。"此乃何等豪放。"谁为翔渚灵妃，倒三尺金樽，杯底邀来焦岭月；我是倚楼旧主，仗一枝玉笛，袖边吹起大江涛。"此为壮丽之至。

　　（甲）题山

　　题山或言其高："江湖俯看杯中泻；钟磬声从地底闻。"或言其风景："春水绿连瓜步树；夕阳红映蒜山楼。""小窗多明，俯拾即是；众山倒影，乘空欲飞。""龙涧风迴，万壑松涛连海气；鹫峰云敛，千年桂月印湖光。""放开眼孔，看：晓日才上，夜月正圆，山雨欲来，溪云初起；洗净耳根，听：林鸟争啼，寺钟答响，渔歌唱晚，牧笛吹归。"

（乙）题泉

题泉或言其所在地："胜地接苏州，赢得合冷泉惠泉，不作第二流想；新亭感风景，到此招大隐小隐，却聚五百里贤。"或言其优长处："古迹遍名山：试箭岭，磨剑池，炼丹井，旧志凡百卅六景，薶沙没草，几处留存，何妨点缀紫薇，聊拓小园添画本；仙源分绝壑，东慈乌，中喝石，西飞龙，全境得一十二泉，疏涧引溪，重开无计，独此澈澄清水，依然真味沁诗脾。"或借泉愤世："轩开别有风光，割半壁紫薇，还继昔贤传韵事；世变遑论清浊，留一泓白水，聊为过客涤尘襟。"或言其泉声："画阁镜中看，幻作神仙福地；飞泉云外听，写成山水清音。"

（丙）题湖

题湖大率由其四周以及湖中之情景方面立言者为多："独上高楼，是山色湖光胜处；谁登画舫，正清歌美酒醋时。"

（丁）题楼

题楼或言四边及中间等情状："山温水腻，风月长存，几人打桨清遊，倩小伎新絃，翻一曲齐梁乐府；局冷棋枯，英雄安在，有客登楼凭眺，仰忠臣遗像，压当年常沐勋名。"或写感慨："风物正凄然，望渺渺潇湘，万水千山皆赴我；江湖无恙也，念悠悠天地，先忧后乐更何人。"或言外来之风景："华岳三峰凭槛立；黄河九曲抱关来。"或言其高："腾身转觉三天近；举步回看万岭低。""四面湖山归眼底；万家忧乐到心头。"或言向位："门通碧树开金锁；楼对青山倚玉梯。"或以古人形容斯楼："真人白水生文叔；名士青山卧武侯。"或言登临时之注意点："放不开眼底乾坤，何必登斯楼把酒；吞得尽胸中云梦，方可对仙人吟诗。"

（戊）题亭

题亭或偏重风景："到亭来石秀花腴，大好月明载酒；过桥后天空水阔，依然风顺扬帆。""柯如青铜根如石；花为四壁船为家。""晚上孤亭，影倒一湖烟水；夜横高枕，声来九派风涛。"或叙述登临情状："五夜楼船，曾上孤亭听鼓角；一樽浊酒，重来此地看湖山。"

(5) 园林

园林为栽花种木、叠山潴水、辟径筑室之所，或藉以怡情悦性，或于焉诵读，或以之会宾叙友，或为藏娇之所。题此园林之联语，有由园景设想者："奇石尽含千古秀；异花长占四时春。"有由幽居立意者："小筑成佳趣；幽居逐野情。"有由娱乐为联意者："林间度曲抛棋局；岩下分泉递酒杯。"有写其风景及抱负者："赋江南春，六代莺花归眼底；后天下乐，十年休养系心头。"有言其所在地者："出北郭门来寻陶宅；剪西窗烛却话巴山。"有言其地之情状者："且莫言贫，负郭田环颜子宅；何以破寂，秋坟鬼唱鲍家诗。"

(6) 第宅

第宅联语，分大门、重门、后门、厅堂、内室、书室、厨房、窗棂等，其长短普通以四、五至七、八言等为多。

(甲) 大门

大门为第宅最大之门，联语之措词，须口气伟大。有以吉祥立言："五云蟠吉地；三瑞映华门。"有以道德立言："厚德载福；和气致祥。"有以第宅情状立言："野水平桥路；柴门老树村。"有以气候立言："昨夜春风才入户；今朝杨柳半垂堤。"有以门外之风景立言："秀水绕门蓝作带；远山当户翠为屏。"有以当时之国情立言："五族合时梅展萼；三阳启处草萦阶。""群生咸若春风畅；盛世娱遊化日长。"若家有父母丧，大门联语，当有守制之表示："三年读礼；五月居庐。"

（乙）重门

重门为出入内外之门，撰联或以出入内外等情为立意："出入秉礼；中外共和。"或以吉瑞为立意："阳和辉大地；瑞气霭重门。"或以庭前景物为立意："庭前芳草皆生意；树上流莺作比邻。"

（丙）后门

后门为第宅背后之门，撰联多以"前后"二字为标示主眼。此"前后"二字，或以德仁应用之："积德前程大；存仁后地宽。"或以光裕应用之："光前增百福；裕后集千祥。"或以业谋应用之："大业开前烈；贻谋启后昆。"

（丁）厅堂

厅堂联语，须有华贵气象，或以雅洁出之："大富贵，亦寿考；蓄道德，能文章。""威凤祥麟，人知宝贵；浑金璞玉，气自光华。"此措语之华贵也。"千古文章传性学；一堂孝友乐天伦。""古文自有初中晚；益友时来一两三。""道义既高，不慕爵禄；文章之美，故有师承。"此措语之雅洁也。

（戊）内室

内室为夫妇共居之寝室，其中应有之现象，为夫妇和谐；所有之物件，为妆台、宝镜以及其他之化装品等。窗门所悬者，为珠帘绮幕。室外通常所有者，为梅竹以及其他之花木等。撰内室联语，其立意多由上述诸点设想："玉案琴声润；纱窗燕语娇。""云拥妆台晓；花明绣户香。""菱花光映纱窗晓；竹叶香浮绣户闲。""竹叶香浮鹦鹉斝；梅花韵入凤凰楼。"此以室内外之物品措词。他若"索句赓同调；衔杯尽合欢。""结欢谐凤卜；相警凛鸡鸣。""宝砚安书连理字；琼浆笑饮合欢杯"等，则以夫妇和谐措词也。

（己）书室

书室联语，立意不外言其内外情状，以及读书求学之重要等："有书藏满架；惟德自成邻。"此言其藏书之多。"风摇竹影书签乱；花绕阑干几砚香。"此言其室外之景物。"学如不及；业精于勤。"此言求学之当勤。"伴我书千卷；可人花一簾。"此言其室中之乐处。"读书贵能用；树德莫如滋。"此言读书之要诀。"读书破万卷；落笔超群英。"此形容学问之高博。"数行褚帖当窗学；一卷陶诗倚枕吟。"此言在室中求学之情状。

（庚）厨房

厨房联语，如："庖厨春送暖，鼎鼐日生香。"以其香暖立言。"寻常无异味；鲜洁即家珍。"以其清洁立言。"庖厨君子远；中馈妇人司。"以其主司立言。"烟火但祈家一处；子孙惟愿世同居。"以其家和立言。"仓中既裕千年粟；厨内当馀百日鲜。"以其食料丰裕立言。

（辛）窗棂

此类联语，通常或形容其伟大："地甲门阑大；名高日月悬。"或叙述窗外风景："珠树好栖千岁鹤；玉阶先透一枝春。"或形容外景侵入："飞花乱扑珠簾翠；新月斜窥玉槛明。"

（7）舟楫

舟为水上运行之工具，故在舟中所过之生活，所见之情景，与住居陆上者不同。为之联也，当就其特殊处设想，例："卷簾惟待月；挂席自生风。"此言其入夜之情状。"长空云破山推月；四海波平水接天。""澄波影里星辰动；夹岸花间窗户香。"此言由舟外望所见之风景。"水枕能令山俯仰；风船解与月徘徊。"此形容舟在水中之情状。"青惜峰峦过；黄知橘柚来。"此言舟过之情状。"云水无拘束；江天任去留。"此言其往来自由。"高枕随流水；轻帆任远风。"此形容舟行之安稳。"载酒每邀新月色；临流快听隔芦歌。"此言舟中可寻之乐趣。

（8）桥梁

桥架河上，其形如半月，又如长虹。桥之两岸，或为柳堤，或别具其他种种风景。桥下之水，时来时往，不舍昼夜。撰此联语，不外由上述诸情设想。"水光遥接汉；虹气上凌虚。"此形容远望水桥之情状也。"架岭承金阙；横梁映彩虹。"此形容其高也。"新规浮半月；悬影湛长虹。"此形容其形也。"两岸翠屏山色秀；一条碧玉水光寒。"此形容其两岸之风景也。"上下影摇波底月；往来人渡镜中梯。"此形容桥下水中之情状也。

（9）宗祠

此联立意，大概偏重于祭祀子姓与夫绍继祖先、光耀门闾等。"世代源流远；孙枝奕禩长。"此言其子姓之多也。"身范克端绳祖武；家规垂训翼孙谋。"此言其遵循祖训也。"春礿秋尝，遵万古圣贤礼乐；左昭右穆，序一家世代源流。"此言其立祠致祭之原因也。"俨若思孝孙有庆；祭如在明德惟馨。"此言其虔祭也。

（10）神庙

神庙者，包括圣贤、神佛等庙而言。圣贤庙如孔子、关羽、岳飞等庙是，神佛庙如龙王、财神、城隍、观音、韦陀等庙是。前者之联语，立意多以歌颂前圣先贤之生前功德伟大为主，后者则以形容其能除邪佑人者居多。

前者中，如孔庙联，普通多叙述孔子之生前道德学问足为后人师表："大哉夫子之功，百世权衡，六经羽翼；远矣斯文之统，周程私淑，荀孟闻知。"关羽庙联，则以歌颂关羽之勇武忠义者居多："万人之敌；千古之英。""精忠昭赤日；大义贯青天。"岳飞庙联，非言其尽忠，即言其勇武："三字奇冤，千秋碧血；一生忠勇，万古纲常。"

后者中，如龙王庙联，通常多由"水"字推想："水职有专司，施雨行云，八极九洲皆浃洽；王宫看分建，兴仁布泽，三城五岭共沾濡。"财神庙联，不外由"财"字上立意："掌万民之福泽；通天下之财源。"城隍庙联，非言其赏罚，即言其劝善："阳世官刑虽幸免；阴司法纲总难逃。"观音庙联，大概由其救渡世人方面立言："慈云布满大千界；甘露低垂咫尺天。"韦陀庙联，侧重其能护法驱邪："作豪杰相而护法；现宰官身以降魔。"

（11）学校

学校有男女之别，又有程度之不同，撰之当各有殊。

（甲）小学校

重视点在受教开始："圣功由蒙养而基，龆龀具英姿，频年蛾术研心，有志专精，自臻纯诣；学业以渐进为贵，功夫成火候，他日龙门烧尾，相期远大，岂限前程。"

（乙）中学校

重视点在"中"字："远必自迩，高必自卑，为学在进求，不为中道所阻；德成而上，艺成而下，读书皆有用，要凭全力以趋。"

（丙）师范学校

重视点在培养师资："此日梓柟同受范；他年桃李广培材。"

（丁）大学校

重视点在学业专精："行远自迩，登高自卑，学业在专精，阶级胥由层累；大智若愚，大巧若拙，新知经培养，功修日见深沉。"

其他若女学校，须适切女子，"郝锺礼法，欧孟义方，他日仪型，于此基础；道蕴解围，班昭续史，自来巾帼，不让须眉。"体育校："孙子用兵，美人列队；李渊建业，娘子成军。"若工业学校，注意其工业："《考工记》补《周官》，攻金攻木；好学诗歌卫武，如切如磋。"若农业学校，注意其农业："占气候，辨土宜，俯仰天地间，悉属农田学问；分五谷，勤四体，生存世界上，应知稼穑艰难。"若商业、法政、陆海军等学校，亦当以其各具之特殊性质而为立意措词。

（12）时事

挽近士人关于时事之联语，日见其多，而彼立意，往往以忧时愤世者为主。"以时世论英雄，即今还我河山，鼓声不死；为国家谋幸福，不惜拚兹性命，剑气犹生。"此追悼诸先烈之语也。"序属九秋，愿此日黄花，与我族同增颜色；节逢双十，看今宵皓月，为民国大放光明。"此国庆日之联语也。"选择使子，乡党自好者，望望然欲洁其身，弗顾也，弗视也；举尔所知，有贱丈夫焉，洋洋乎而罔市利，患得之，患失之。"此慨言近日选举之舞弊情状也。

（13）农业

此虽耕田为业，其关系于国计民生甚大。为之联语，当由其耕种情状以及关系等为着想点："白飐西风千亩雪；青耕细雨一犁烟。"此言其耕种时之情状也。"五风十雨岁则稔；象耕鸟耘身其康。"此言其岁收及劳动也。"莘野历山，基开稼穑；金穰木茂，室裕仓箱。"此言其收藏丰富也。

（14）工业

工界之联语，由其工作上措词者居多："十年通技巧；两手作生涯。"此言其学习之难与工作之勤。"善事必先利器；《周官》不缺《考工》。"此言工具及工之重要。"鲁削宋斤，制器尚象；娄明班巧，角智呈能。"此以古物古人言其工作。

(15) 商业

商业为贩运货物，藉博利益之事业，为之须勤俭经营，公平交易。撰此联语，浑括言之，则多由其性质上立意："五湖寄迹陶公业；四海交游晏子风。"此言其东西奔走也。"操奇计赢，交易而退；持筹握算，利源所归。"此言其经营情状也。"财如晓日腾云起；利似春潮带雨来。"此言其营业发达也。"满怀生意春风蔼；一点公心秋月明。"此言其交易公平也。"辛勤劳马足；子母觅蝇头。"此言其勤俭也。

（甲）米业

或形容乐岁丰年，"两歧歌乐岁；九穗兆丰年。"或形容其重要："谷乃国之宝；民以食为天。"或形容储藏丰富："斯仓斯箱，五谷所聚；如墉如栉，万囷皆盈。"或标示其交易公平："只求公合常平价；未敢私存垄断心。"或说明其精良之原因："稻粱甘味凭耕稼；精凿工夫在簸扬。"

（乙）盐业

立意以论断其关系重大等为主旨："足国宜人，功留淮海；煎霜煮雪，品重调和。"此外有叙述其倡始人者："胶鬲芳踪原隐市；管生遗泽在经邦。"

（丙）酱业

酱为调味之要品，故作联多由调味上立言："金鼎酸咸皆适口；玉缸滋味好充肠。""瓮香浮芍药；鼎实配釐盐。"

（丁）酒业

普通之立意，如："朱箔迎风卷；青帘映日斜。"此以酒业之特别标志为主旨。"此处有欢伯；何人封醉侯。"此以醒示饮客为主旨。"画栋前临杨柳岸；青帘高挂杏花村。"此以指示地址为主旨。"浩歌不觉乾坤小；酣饮方知日月长。""青天一幕刘伶醉；明月三杯李白歌。"此以形容豪饮为主旨。"一楼风月当酣饮；万里溪山豁醉眸。"此以形容饮者所常喜之时地为主旨。"登楼穷远目；酌酒动幽心。"此以形容饮酒时之心胸为主旨。"尘外黄公市；云间李白家。"此以标示店肆为主旨。"岂辞金罍满；那怕玉山颓。"此以鼓励畅饮为主旨。"酌来竹叶和杯绿；饮罢桃花上脸红。"此以形容饮后之面容为主旨。"莫思世上无穷事；且尽眼前有限杯。"此以劝人及时行乐为主旨。

（戊）茶业

此类联语，普通有形容泡茶时之情状者："玉盏霞生液；金瓯雪泛花。"说明采时煎法者："春山共头采；香宜竹里煎。"形容茶色者："翠叶烟腾冰椀碧；绿芽光起玉瓯青。”形容其品贵者："南峰紫笋来仙品；北苑春芽快客谈。"叙述其名称者："瑞草抽芽分雀舌；名花采蕊结龙团。"形容其功效者："竹炉汤沸邀清客；茗椀香腾遣睡魔。"形容其光香者："玉碗光含仙掌露；金芽香带玉溪云。"

（己）糖业

立意不外言其甘味，但措词有直说及借说之分："五味甘能配；千金业渐充。"此直说其甘味也。"会计能精，泉刀自裕；交易而退，魂梦俱甜。"此借说其甘味也。

（庚）肉店

暗藏其意者："过门容大嚼；入社要平分。"形容其宰割及味者："此志当宰割宇宙；其味宜调和盐梅。"形容其公平者："铢两能均，陈平割肉；方寸不失，韩子鼓刀。"

（辛）饭店

形容去来时之客状："枵腹而来；快心以去。"叙说每日饭数："一枕黄粱梦；三餐白饭香。"劝人不必拣择："但资白粲能充腹；何必青精始驻颜。"

（壬）粥店

或形容粥状："薄煮红桃千朵艳；芳炊绛雪一瓯凉。"

或述其原料与煮法："米煮双弓，儒生所食；羹调三种，宰相之风。"或暗切及剖说其字形："时无拘腊八；名自说弓双。"或叙述微时食粥之古人："帝王颠沛日；宰相侧微时。"

其他若水果行，或言其功效："尝来皆适口；咽下自清心。"或藉以增兴："沉李浮瓜添雅兴；望梅剥枣佐清谈。"或言其食法："得熟皆堪食；虽生亦足供。"

八鲜行，或由其"鲜"字设想："生涯从此茂；风味及时新。"或言其用途："乡味尝新，可修食谱；宾筵荐熟，任选羹材。"

药材店，或言其功用："艾早三年蓄；功堪百病除。"或借题发挥："所言皆药石；立意尽慈悲。"或言其众多："深明佐使君臣礼；远萃东西南北材。"或形容其精良："囊中悉系延年剂；架上都存不老丹。"

面馆，或形容其形状："绪等丝抽，备鲭厨品；财期泉涌，策麦邱勋。""抽条皆就绪；努力劝加餐。""银丝细借吴刀切；玉液香先洛酒淘。"或由"麦"字立言："抽条不问杨公幖；时样难忘诸葛馒。"

糖果店，或言其味："回甘消苦辣；佳味杂酸咸。"或引用典故："含饴宜稚子；掷果笑狂生。"

参铺，或言其品质："贵品原宜补；奇功不在多。"

老虎灶，或形容其形："灶形原类虎；水势宛喷龙。"或言其用途："因人而热；遂我所求。"

衣庄，或言其四季齐备："自春徂冬；既安且吉。"或言其式样："秾纤得中，修短合度；美恶须择，尺寸自量。"或言其华美及借题发挥："辉煌新制服；衣被满苍生。"或由俭朴上设想："贤士不嫌衣敝服；故人且喜赠新袍。"

帽店，或言其戴处："四海同元服；三加进达尊。"或暗寓"帽"字："著书狂欲脱；得路喜频弹。""孟嘉曾向风前落；靖节闲从醉后欹。"或由其声价上立言："簪缨耀昔日；冠冕重今时。"或形容其业："顶上生涯，来者须防秃鬓；人间世业，问渠何必科头。"专营女帽业者，当由女子方面设想："对镜掠鬟宜丽质；簪花抹额助新妆。"

鞋店，或浑括言之："制来履屣声形别；衬得衣裳上下如。"或以古典立言："桥边堕去留取；天半飞来王令归。"专营男鞋者，由其前途上立言者居多："由此登堂入室；任君步月凌云。"专营女鞋者，由其式样及着之之情状等处着想："时样爱摹新月影；香泥除印妙莲花。"

袜店，或言其光色："云光堪稳步；霞色足凌波。"或言其着时之情状："着去浑然忘白雪；步来还得映青云。"

珠宝店，或由其产处立言："昆池明月满；合浦夜光回。"或言其光华与声价："光华能照乘；声价重连城。"或言其形："圆似丹砂流药井；光如白露走荷盘。""依稀鲛自眸中泣；恍惚龙曾颔下探。"或形容其店品众多："积珍珠已成宝树；聚美玉即是银花。"

钟表店，或言其功用："周官挈壶氏；汉室浑天仪。""归三百六旬于掌握；罗二十八宿于心胸。"或劝人爱惜光阴："刻刻催人资警省；声声劝尔惜光阴。""非从朝暮观时刻；要识光阴等箭梭。"

皮箱店，或言其原料："其器从革；终日服箱。"或形容其形："此中本无有；以外复何求。"或言其功用："橐囊无此缄縢固；裘葛尽堪什袭藏。"

扇店，或言其效用："清风生掌握；爽气满襟怀。"或言其使用时之情状："影动半轮月；香生一握风。"

笔店，或形容其书写状："挥毫列锦绣；落纸如云烟。"或以古典为联意："五色艳争江令梦；一枝春暖管城花。"

墨店，或用故典："奇香细洒金壶汁；旧谱曾传易水烟。"或别有用意："麝友龙宾，何处访元香太守；豹囊鱼腹，此中有墨隐仙人。"

纸店，或浑言其用途："展开秦岭月；题破蜀江云。"或分言其用途："古纸硬黄临晋帖；新笺匀碧录唐诗。"或言其名贵："蜀郡金花新着样；剡溪玉版旧齐名。"

书局，或言其收藏精粹："漱六经芳润；储二酉精华。"或言其书籍新奇："远求海内单行本；快读人间未见书。"

碑帖店，或言其作用："残碑留古迹；妙墨焕新华。"或从其珍赏者立言："草庐新书，词林欣赏；兰亭妙本，学海珍藏。"或言其好处:"断碑工刻画;妙墨焕精神。"

剪刀店,或形容其快利:"剪将淞水;快若并州。"或言其用途:"云霞裁巧手;灯火试寒宵。"

梳篦店,或言其功用:"钩心斗角;刮垢磨光。"或言其料别:"金篦银梳,都成巧制;黄杨青竹,皆是妙材。"或形容其用状:"料得菱花涵白雪;应如弦月走乌云。"

伞店,或言其用途:"到处烟霞由我逸;前途风雨任人忙。"或言其用状:"往来宛若祥云覆;出入何嫌微雨霑。"

木行,或言其采取:"披岩采干;效节呈材。"或言其公平:"大匠搜求,取材宏富;良工斫削,定价公平。"或言其精良;"并无樗栎品;尽属梗楠材。"或借题发挥:"交友常歌伐木什;用材须念执柯人。"

竹行,或言其盛产处:"渭山千亩聚;淇澳万竿藏。"或言其用途:"竹屋纸窗真逸品;南金东箭并奇才。"

金店,或言其产地:"丽水生来,床头不尽;宝山运到,囊里常盈。"或言其形:"黄雀飞来,有条如蒜;青蚨引至,其源若泉。"或言其品质:"品物分高下;毫厘辨重轻。"

丝店,或言其用途:"蜀锦吴绫,经纶五彩;齐纨赵縠,机轴一家。"或借题发挥:"素具经纶志;兼怀锦绣心。"

布庄,或言其功效:"温暖如人意;缠绵动客心。"或言其用广："寒往暑来，功用皆备；棉温葛软，表里咸宜。"或形容其光色："彩色丝纶并；光华锦绣妍。"或以交易标示布业："通功易事无馀布；纬地经天具大材。"或以交友标示布业："须知机杼好；可结布衣交。"

绸店，或言其色彩："七襄昭物采；五色焕文章。"或言其备品精美："此中皆锦绣；以外无文章。"

绣店，或言花色："机逐迴文巧；花依锦字明。"或言绣时情状："花随玉指添春色；声引秋丝逐晓风。""云霞生指上；黼黻在胸中。"或形容店中货品："入门尽是经纶客；满座如环锦绣城。"

染坊，或历数其备色："鹅黄鸭绿鸡冠紫；鹭白鸦青鹤顶红。"或言其施色："淡浓均可如人意；深浅皆能称客情。""青出于蓝原有本；白翻乎黑岂无因。"

裁缝店，或言其重要："虎文须玉剪；狐尾藉金针。"或言其工作情状："金针度处工夫密；铁剪裁来体制新。"或借以论世："敢谓金针能度世；莫夸玉尺可量才。"

剪发店，或形容其事业："真功夫从头上起；好消息向耳中来。"或形容顾客情状："到来尽是弹冠客；此去应无搔首人。"或形容剪发情状："摩厉以须，问天下头颅几许；及锋而试，看老夫手段如何。"或形容剪发好处："刮垢去尘增气象；整容净发识英雄。""礼容修脱帽；交道庆弹冠。"或借题发挥："搔首问天悲屈子；濯缨临水契尼山。"

　　刻字店，或形容其技精："操刀使割；游刃有馀。""铁笔谁操，功成刻鹄；金章可琢，艺进雕虫。"或形容其刻时声势："攻木础乃；奏刀砉然。"

　　铁匠店，或言其铸铁法："洪炉归煅炼；火冶自精纯。""炉应分造化；道自协陶镕。"或言其铸造之不易："不历几番锤练；怎成一股锋铓。"或言其铸造时之声情："锤击有声呼鸟兽；锋芒相感应蕤宾。"或言其功用："炼就安邦利器；辅成治世奇功。"

　　纸扎店，或言其作法："但得裁筊剪纸；何须鲁削宋斤。"或言其制品之状态："为妙惟肖；是假似真。"

　　画家，或形容其技巧："笔端通造化；意表出云霞。""大地山川生笔底；九州人物绘毫端。"或形容其画品："窗几穷幽致；风云入壮怀。"或叙古画家："安石风流元亮酒；辋川图画半山诗。"

　　钱店，或形容钱状："轻重相权皆获利；方圆有制亦通神。"或言其业之居奇："子母相权周策善；重轻为制管谋奇。"

　　奖券店，或形容普通人心理："几人双眼望；一纸万金看。"或以利诱人："以小易大；肆外宏中。"或标示其业之正当："致富有书，则财恒足；以义为利，其道大光。"

　　当铺，或形容其营业状况："白镪赠君还赠我；青蚨飞去复飞来。"或言其目的："岂是因财取利；无非周急为心。"或言其公平："以质得财，亲疏无异；因贫生息，尔我相安。"或形容当客之心理："缓急人常有；权衡我岂无。"

弹棉店，以形容弹棉之情状为主："虚白生室；飞黄绕絃。""新花雪色晴能舞；古铜琴声静可弹。""短準持来，晴飞柳絮；独絃戛处，乱扑芦花。"

灯店，或叙述其功用："远处因风飑；宵来替月明。"或形容其形："空外偏能留影；热中自足生光。"或以他物比拟其光："珠玉光辉，琉璃世界；天中皓月，海外明星。"

车行，或言其形："行地致远；象天制圆。"或言其制造及用法："执斧运斤，成致远器；推轮转毂，有任重材。"

船厂，或言其生涯："锦缆牙樯，烟波世业；兰桡桂桨，湖海生涯。"或言其顾客多："争来浮海客；都是雇舟人。"或由其娱乐方面立言："夕阳桂楫寻诗客；远水兰槎浮海人。"

邮局，概以通消息、传音信为立意要点："千里春风劳驿使；三秋芳讯寄邮人。""涉鸭头波，传鱼腹简；盼渭北树，寄江南春。"

荐头店，多由"介绍"二字设想："到处不惜喉舌费；为君曲尽推挽功。""谊岂推袁，情同说项；客非接李，人欲依刘。"

　　旅馆，或形容旅客孤寂："共对一樽酒；相看万里人。"或以暂驻相逢等为立意："风尘小住计亦得；萍水相逢缘最奇。"或以欢迎为立意："幽斋转下高士榻；古道频来长者车。"

　　报馆，或形容其立言远大："纵谈中外事；洞彻古今情。"或形容其审慎："数千年治乱兴衰，都归大手笔；几万里见闻考核，颇费小才华。"或形容其立言灵活、销路广大："日试万言，具生花笔；风行四海，付置书邮。"

第十六章　楹联之用纸

楹联由桃符沿变而来，故初由桃符变为楹联时，多书之于桃符板，及后改书于纸或刻以木板，或用漆加云母石，且有嵌以牙玉者。迄清吴山尊始别出新意，倡制玻璃联，一片光明，雅可赏玩，惟初则字画不能无反正之嫌，后又运其巧思，使之表里如一。今则书用更多，有书之而或刻于竹木、玻璃、铜板、石上者，有书于纸及布上者。其书之也，或用墨，或用金、漆、油以及其他种种之粉末。至书用物，普通以纸为多。书用之纸色，视其用途，各各不同：普通联语，用黄或白等色，取其清雅；喜庆联语，用纸色，取其吉利；丧葬联语，用白或蓝等色，以表悲哀。此系习尚，各当遵守，若稍不慎，喜庆误用白或蓝等色，不惟不能表示贺忱，且恐受者发生误会，妨碍友谊。其他如丧葬等联亦然。

第十七章　楹联之书法

　　楹联上之联语及上下款，书之各有定式，不可随意抒写。此定式虽简而易明，但在初学者，每易忽略，下列各项。

　　联语书于联纸正中，自上而下，成一直线，大小一律，不可稍有出入。字与字之距离，尤须字字相同，上下二端，各留空地若干，切勿迫近纸边。而上端之空地，更当较之下端，空留稍多，以示区别。字形大小之标准，视联纸之长短大小而定。长而大者，字形当大；短而小者，字形当小。如长联不能一行书尽者，可分二行书之。此二行之位置，应分书于联纸正中，即左行稍偏于左，右行稍偏于右，左右二行并视之，适在联纸之正中，既不偏左，又不偏右。其次序：上联由右而左，下联则由左而右。惟二行之字数，上联之左行当较右行为少，少之标准，以下之所留空地，能容写上款为度；下联之右行当较左行为少，少之标准，亦以下之所留空地，能容写下款为度。盖长联所以如此其书法者，欲其形亦复相对也。例如：

凭谁肩任　教育具热忱君已矣

会长朗嫚先生千古

文章由道德我思之　益觉心伤

会员吕云彪谨挽

联语书之多而熟练者，此项格式，随手书去，自能大小一律，上下正直，无脱字疏密之虞。若初学者，虽于此种种格式能知之稔，下笔时，仍难免心慌手乱，写成歪斜、大小、脱落、疏密之形。故初学书写者，未下笔之前，当先检点其全联字数，书写若何大小之字形，可以容书于此纸，某数字位置于何处，预为配置，并暗示其行格，而后逐字依格书写。须分二行书写之长联，苟恐当书后行时，被手摩污前行字迹，或脱落字数，均可先书下行，后写前行，但须逐字先行配当其位置，方可从事，否则其弊更多。

上下款之字形，其普通标准，当较联语书小三分之一，以示区别。书之宜在联语写成之后，若较联语先写，一恐侵及联语地位，二恐上下大小无依照之标准，形式难期美观。

上款书于上联之右上半部，第一字至少当较联语低下二字，末字下宜留能容数字之空地，不可直书至底。至字形之大小、前后，勿稍出入，行位亦宜正直。上款分名字、称谓、标联语三种，名字书于首上，称谓次之，标联语又次之。设长联而须分二行书写者，此项上款改书于第二行下之空地，但字形仍当较联语书小三分之二，且当略偏右旁，下则能留空地，仍当空留之。其他各规则与一行者同。

下款书于下联左边，第一字较联语低下数字，其标准以末字能直书至近底边为度，字之大小、行直与上款相同。首书自称语，次书送者之姓名，又次书具名语，末则盖以单印或双印。苟为长联而须分二行书者，此项下款改书于右第二行下之空地，字形亦较联语书小三分之二，位置略偏右旁。其他各规则与一行者同。

欲标示其撰书时之时期、年岁者，当将其时日及年岁书于姓名之上或下，字形可与姓名字同大，或略小而偏右分二行书写。

书写楹联，无论联语及上下款，均当用同一毫笔，同一墨色，同一时间书竣，切勿前后异笔、异墨、异时，致字形字色，前后不同。

书写楹联之色，普通多用墨色，至喜庆等联，或用金色或以金纸剪黏纸上，然此尚金之字，虽能表示喜庆，较之墨色，殊多俗气。挽联亦有用蓝色者。

　　当书写时，联首宜用物牢压，以免卷缩污损。书就后，如墨色未干，宜安置平处，首尾牢压，不可即时悬挂，致墨水横流，污损全联。又此项墨水当任其自干，万勿冀其速干，或用纸压吸，或日中置晒。盖以纸压吸墨水，非徒易遭字形污损，且易使字色吊滞。曝之日中，联纸易起绉纹而破裂。

　　初学书写楹联，可以铅粉或黑铅等，先在联纸上画分字格，但书就后，须一一拭去。欲拭去较易，当其画格时，线形须细，着力须轻。

第十八章　楹联之读法

楹联有上下，读之须区别清楚。例："长剑一杯酒；高楼万里心。"上句末字"酒"，读声宜较下句末字"心"延之稍短，其势逗而不断；至声情方面，上句当有开始气象，下句则当有收束神状。

联语之内容，读时能表之于声情气势间，语势益觉活现，精神愈见焕发。例："四面云山都在眼；万家烟火最关心。"上联之主点在四面与眼前，下联则在万家与关心等上。读此联之语气、声情、状态，均须按其主点，各有活现之表示。斯系一例。其他联意若寓有先后、喜笑、怒骂等之要点者，亦宜活现表示之也。

一联之中，虽视之全属重要，若为比较，必有较重要处。比较重要处，欲其尽情显著，非于读声中特别表示不为功。所谓"特别表示"者，即读至其处，声则略为加重。例："万年家国长和庆；一统山河际太平。"上下联中之末三字，各为本联之主要点，读声至此，各当特别加重之。

联语虽为字无多，而其气势亦分逗顿，但其逗顿也，较之普通文稍短。此稍短之逗顿，读时须分别表示，以显精神。

普通文有转折，联语亦有之。读联语至转折处，欲其精神显示，亦当如读普通文时发以转折之声情气势。

短联言简意长，中含之目的处，往往有待于读声而后显著者。故读短联，须有余味靡穷、显藏露隐之声情气势。至长联，多气势雄足，读之贵圆转如意，一气贯读。

各联各有其特别重要处。例五言之第三字、七言之第五字等，均为各本联之特重处，读之各当特别表示之。

第十九章　楹联之悬挂

张示楹联，门联均黏贴，余则或黏或悬，殊不一律。欲黏悬得法，应知下列各项：

上下联，当先辨分之。辨分之法，视其二联之末字为平为仄。末字仄声者，知为上联，平声者，知为下联；然亦有下联用仄声为末字者。外此则玩其语气、读其语句时，觉有开始气势者，知为上联；若有结束气势者，则知其为下联。

上下联既辨知，乃言黏悬。上联之位置在上首，即向外立时之左手一方；下联之位置在下首，即向外立时之右手一方。

门联黏于门，其他各联，或黏悬于堂中楹柱，或黏悬于堂之左、右、后等三壁，总之以能使人易见易注意者为宜。其在各该处之适当地位，门联视其门数而定：双门者，宜黏于二门相合处近边之上半部；单门者，并黏于同门靠近柱边之上半部。无论单双门所黏之联，上边各须略留空地，不可齐近边际，其他左右之靠边际亦然。非门联之各联，则以堂之大小高下，而酌定其位置之高下，普通之标准，以能使人阅看清楚为度。上下联之上下二端，贵相并而齐，不可稍有参差，致失整齐之美观。

第二十章　楹联之卷置

　　楹联而悬挂者，悬毕收藏时，往往卷而置之。其卷之之法，普通以二手缓握联轴二端（两端适置于二手掌之正中），徐徐用手掌靠住轴端，向前盘卷，卷毕后，联纸适在轴之正中，自无歪斜之患。设卷时不执于轴之两端，或执两端而不以手掌缓靠行之，卷毕后势必歪斜不齐；其弊初则歪斜，入后愈卷愈斜，形同圆钻。以其形如圆钻，不便置匣，或用手指抵卷，或置案上力冲等，使之整齐。虽有时细抵细冲，亦能奏整齐之效，但易致破裂之患。至卷时之用力，不可过大或过小，过大易使联纸破裂，过小卷筒宽松，易于散开。卷完当即以联端之附绳缚之，使不宽开，置入匣内，宜藏贮于干燥箱中。

整理后记

　　楹联在中国文学史上的地位，算不上突出，故而有"小道"之谓；但在一部分人，却有"唐诗、宋词、元曲、明小说、清对联"（或者"唐诗、宋词、元曲、清联"）之说，对联的地位又可谓高矣。之所以有此说法，就在于对联这种文字体格盛于清代，爱好者便拿它来与诗、词、曲"捉对"；同时，这也反映了清代以来对联发展之充分，影响之广泛。

　　关于对联写作，尤其是所谓"对对子"，早已有技法书籍刊刻、流行，近代以来更是时有新作面世。不过，相对于"联话"一类的著述，这种书籍还算不上层出不穷。其中，秦同培的《撰联指南》（世界书局，1929）、吕云彪的《楹联作法》（中华书局，1940），均可谓其中之佼佼者。为了适应学习对联撰写的需要，我们特将两书整理出版，以飨读者。

　　此次整理，除简体横排之外，内容均一仍其旧。对于文字，明显的误植错讹，径予改正；有的则随文以 〔〕 注出正字，且主要在书中征引的联语。对于有碍理解或者容易引起误解的文字，保留了异体字及个别繁体字。格式方面，鉴于两书合一，按着时下的出版规范，做了适当的统一处理。

如今的中国，传统文化复兴已成潮流，作诗填词者固然不乏其人，撰写对联者也绝非仅见。而且相对诗词来说，对联更具实用性质，礼俗生活、审美仪观中多不可少，具有实实在在的应用天地。老师宿儒的指点，对于学习、研讨撰写对联，定会有所助益；如此，也便达成了整理出版此书的目标。自然，其中的失误与不足，还请批评指正。

整理者

戊戌初春